अभिनन्दन

अभिनन्दन

नागार्जुन

वाणी प्रकाशन

वाणी प्रकाशन
4695, 21-ए, दरियागंज, नयी दिल्ली 110 002

फ़ोन : +91 11 23273167 फ़ैक्स : +91 11 23275710

शाखाएँ
अशोक राजपथ, पटना 800 004, बिहार

कॉफ़ी हाउस कैम्पस, महात्मा गांधी मार्ग, इलाहाबाद 211 001, उत्तर प्रदेश

महात्मा गांधी अन्तरराष्ट्रीय हिन्दी विश्वविद्यालय, वर्धा 442 001, महाराष्ट्र

www.vaniprakashan.com
marketing@vaniprakashan.in
sales@vaniprakashan.in

Abhinandan
by Nagarjun

ISBN : 978-93-5229-927-0
Novel

द्वितीय संस्करण 1998
तृतीय संस्करण 2009
चतुर्थ संस्करण 2023

मूल्य : ₹ 295

सिटी प्रेस, दिल्ली-110 095 में मुद्रित

वाणी प्रकाशन का लोगो मक़बूल फ़िदा हुसेन की कूची से

मेरी ख्वाहिश के अनुसार यह
उपन्यास फिर से प्रकाशित
किया जा रहा है।

मेरी कुछ ही पुस्तकें पाठकों-
को सुलभ हैं—वे भी सर्वत्र,
समान रूप से, प्रयास करने पर
भी, मिल नहीं पातीं।

जो मुझे अति प्रिय हैं, उन
पुस्तकों को सुलभ बनाने-
का आंशिक दायित्व तो अपने को
लेना ही पड़ा है...

'हीरक जयंती' के अभिनव-
संस्करण को हिन्दी-संसार अवश्य
पसंद करेगा।

— नागार्जुन
5.7.79.

अभिनन्दन

उद्योग-पर्व

कविवर मृगांक ने सोचा—बारह पाँचे साठ। साठ सौ रुपये। कम नहीं होते हैं साठ सौ रुपये। साल-भर में इतनी रकम तो दस उपन्यास भी नहीं खींच सकते !

मनसाराम अपने-आप कुलाँचें भरने लगा—जायेंगे कहाँ ? मृगांक 'ना' कर देगा तो दूसरा फिर कौन 'हाँ' करेगा ? अभिनन्दन का प्रसंग छिड़ते ही किस मिनिस्टर की जीभ लार नहीं टपकाती !

और वह लार !

अन्दर से एक तीसरी आवाज आयी, अनहद नाद की तीसरी किस्म—उस लार को सहेजने के लिए महापात्र की आवश्यकता पड़ती है···अपनी कीर्ति का बखान सुनना होता था तो राजा पालतू कवियों को इशारा करता था। तू किस राजा का पालतू कवि है, मगांक ?

—मैं ! कविवर मृगांक ? पंडित मुचकुन्द मिश्र जिसका असली नाम है ? मैं पालतू हूँ ? किसके दिये निवाले गटकता हूँ मैं ? और, प्रजातन्त्र के इस युग में राजा भला रह कहाँ गया ! न राजा, न प्रजा । सभी पब्लिक हैं, अवाम, जन-साधारण । सहस्रशीर्षा पुरुषः सहस्राक्षः सहस्रपाद्···हे कोटिशीर्ष, हे कोटिबाहु, हे कोटिचरण··· !

लिहाफ दाहिने पैर से ऊपर सिमट गया था। बायें पैर का अँगूठा लिहाफ के अन्दर से ही मसहरी के डंडे को छू रहा था। बाहर शुक्लपक्ष की तेरहस की गाढ़ी चाँदनी फैली थी। दीवार के तीनों रोशनदान सजग थे। जंगलों और किवाड़ों के भी काँच इस वक्त अपनी सफाई का सबूत दे रहे थे।

—हे कोटिशीर्ष, हे कोटिबाहु, हे कोटिचरण···जन गण मन अधिनायक जय हे भारत भाग्य-विधाता···पंजाब, सिन्धु, गुजरात, मराठा, द्राविड़, उत्कल, बंग···वाद्यवृन्द की सम्मिलित ध्वनि बार-बार अन्तरतर से टकराने लगी और पलंग पर लेटे रहना असम्भव हो गया।

कवि मृगांक की आत्मा विक्षुब्ध हो उठी।

बिस्तरा छोड़कर बाहर निकल आये।

एक राजस्थानी धनपति का नवनिर्मित प्रासाद था यह। सामने ठाकुरिया की मशहूर झील। पीछे लैन्सडाउन, रासबिहारी एवेन्यू आदि इलाके, उच्चवर्गीय आबादीवाले। तिनतल्ले पर आगे की तरफ से आमने-सामने दो बड़े कमरे, बीचोंबीच बरामदा।

कविजी बरामदे में चहलकदमी करने लगे।

आहट पाकर नीचे, दुतल्ले पर छोटा कुत्ता हल्की आवाज में भाँउ-भाँउ करने लगा और अगले ही क्षण चुप हो गया। प्यार-भरी फटकार सुनी तो मालकिन का अनुशासन उसने सिर झुकाकर स्वीकार कर लिया।

केन्द्रीय सरकार के किसी हिन्दी भाषा-भाषी मिनिस्टर को कलकत्ता के सेठों ने परसों शाम एक भारी-भरकम अभिनन्दन-ग्रन्थ अर्पित किया था। समारोह के क्षणों में आँखो और कानों की परितृप्ति के लिए मणि-

पुरी नृत्य…रवीन्द्र-संगीत…काव्यपाठ आदि का समावेश प्रोग्राम के अन्दर ही था। तीन नर्तकियाँ, दो नर्तक, दो वादक, पाँच गायक-गायिकाएँ, तीन गीतकार और चार कवि…तीन-साढ़े तीन घंटे का प्रोग्राम रहा—भाषण-वाषण सहित।

मृगांकजी आमन्त्रित कवियों में से थे।

समारोह कुछ ऐसा मनहर लगा मृगांकजी को कि बस…मगर अपने यहाँ दस वर्षों के भीतर तीन-चार प्रभावशाली मन्त्रियों को अभिनन्दन-ग्रन्थ भेंट किये जा चुके थे न!

बाबू नरपतसिंह बच गये थे। आठ-नौ वर्ष पहले उनकी बरसगाँठ मनाई थी मित्रों ने। लेकिन वह न तो जयन्ती थी, न रजत था, न स्वर्ण! कहाँ? वह तो कुछ नहीं था! बस, वही हस्ब-मामूल पीले फूल कनेर के!

समारोह खत्म हुआ परसों रात साढ़े आठ बजे और मृगांकजी की निगाहें अपने नये निशाने पर जमी हैं…बाबूजी को इक्यावन हज़ार की थैली। पन्द्रह हज़ार अभिनन्दन-ग्रन्थ सोख लेगा। पाँच हज़ार लग जायेंगे समारोह में। बची हुई निधि से एक-आध संस्था की बुनियाद डाली जायेगी। ललनजी को जँच जाये तो वह दिल खोलकर साथ देंगे। फिर उनकी रामसागर बाबू से कैसी घुटती है। बाबू गोपीवल्लभ ठाकुर को भी यह प्रस्ताव पसन्द आयेगा। ये तीनों अपनी गुंजलक में समूची दुनिया को लपेट लेंगे…लाख-दो लाख क्या, यह त्रिमूर्ति कहीं सचमुच भिड़ गयी तो नम्बरी नोटों की वर्षा होने लगेगी और फिर जादू-सम्राट पी० सी० सरकार दंग रह जायेंगे।

सोचते-सोचते मृगांकजी का माथा गरम हो उठा।

सामने चाँदनी में ठाकुरिया का मैदान चमक रहा था।

महीना पूस का। सर्दी लेकिन मामूली थी, निहायत मामूली।

मृगांकजी अन्दर से माचिस और सिगरेट-केस उठा लाये। सर्दी नहीं लग रही थी, बदन पर वही एक कुर्ता काफी था।

बाहर बर्मा टाईप की दो-तीन कुर्सियाँ पड़ी थीं, बुनावट बाँस की और भीतरी ढाँचा लोहे का। टाँगें भी लोहे की। किनारों की ओर टाँगों की वार्निश का रंग सुर्ख था, बीच-बीच का रंग संदली था।

तिनतल्ले का यह बरामदा काफी बड़ा था। दीवारों के प्लास्टर की सफेदी इस छाँह में भी चाँदनी को चिढ़ा रही थी।

मृगांकजी खाँचानुमा कुर्सी पर बैठ गये। सिगरेट निकालकर उसे होंठों के हवाले किया, माचिस जलायी।

सिगरेट से तीली भिड़ाते समय नाक दीख गयी तो नुकीली नाकवाला वह युवक गीतकार निगाहों के समने खड़ा-खड़ा मुस्काराने लगा—

(प्रणाम मृगांकजी, मुझे तो किसी ने बतलाया कि आप दिल्ली-एक्सप्रेस से चले गये !

(और तुम कब जा रहे हो, वर्मा ?

(कल बाम्बे मेल से जी !

(कै बार आये हो कलकत्ता ?

(पहले दो मर्तबा आ चुका हूँ।

(क्या है यह ?···गीतों का संकलन; नहीं, कहानियों का···तो तुम गल्प भी लिखते हो ?

(जी, गल्प ही तो लिखता हूँ। गीत बीस-पचीस ही होंगे···मैं तो बस आप गुरुजनों के आशीर्वाद चाहता हूँ···मैं तो निराश हो चुका था लेकिन दर्शन हो ही गये···)

मृगांकजी का ध्यान गीतकार बादल वर्मा पर अटका हुआ था—अब कौन पूछेगा कवियों को ऐसे गीतकार के आगे ? गला है कि बाँसुरी ? ज़ालिम गाता है कितना कमाल···मैं तेरा गला घोंट दूंगा, कहीं का नहीं रहने दूंगा मैं तुझे ! संभल जा, बच्चु !···प्रणाम मृगांकजी ! नहीं चाहिए मुझे तेरा प्रणाम-उणाम···मैं वही मुचकुन्द हूँ जिसके प्र-पितामह गोविन्दमाधव मिश्र ने अपने प्रतिद्वन्द्वी संगीताचार्य की ज़िन्दगी बर्बाद कर दी थी, पानवाले को मिलाकर सिन्दूर चटवा दिया था। गला बैठ गया,

संगीताचार्य आजीवन रोते रहे ! मैं उसी गोविन्दमाधव का वंशधर हूँ और तू मुझे चिढ़ाने आया है ? बदतमीज़ कहीं का ! हटता है कि नहीं सामने से ? देखिए तो भला तमाशा ! गीतों के फरिश्ते पधारे हैं, इन पर नोटों की वर्षा हो रही है। दो-ढाई दिन कलकत्ता रहे। हज़ार-हज़ार-डेढ़-डेढ़ हज़ार बटोरकर घर लौट गये···अपना क्या ! समारोह के संयोजकों ने हाथ जोड़ लिए और दो सौ थमा दिये, बस !

चिन्तन की बेसुधी में हाथ तिपाई की ओर बढ़ा तो सिगरेट-केस नीचे गिरा। सन्नाटे में उसकी आवाज कई गुना अधिक प्रतीत हुई।

सामनेवाले कमरे में सेठ का मामा सो रहा था। सो उसकी नींद खुल गयी और वह बाहर बरामदे में आया।

—क्या बात है, कविजी ? सारी रात जागोगे ?

—अभी तो उठा हूँ सेठजी, चार बजने वाले हैं।

—हूऽऽऽऽहू···

सेठ के मामा ने जबड़े सिकोड़ लिये, वह जम्हाई लेता हुआ पीछे की ओर चला गया, जिधर बाथरूम था।

मृगांकजी भी पलंग पर वापस आ गये।

नरपत बाबू कलकत्ता आने पर जिस धनकुबेर की कोठी में ठहरते थे, उसके बारे में सोचते-सोचते मृगांकजी को नींद आ गयी।

ललनजी, बाबू गोपीवल्लभ ठाकुर, रामसागर राय—सभी ने मृगांकजी की योजना का अनुमोदन किया।

बाबूजी से स्वीकृति हासिल करने की ज़िम्मेदारी रामसागर राय और ठाकुरजी पर सौंपी गयी।

मंजुमुखी देवी को मालूम हुआ तो खुशी के मारे दुहरी हो गयीं। बोलीं—मृगांकजी, कितना बड़ा काम यह होगा ! बाबूजी की नहीं, हमारे प्रदेश की हीरक जयन्ती होगी यह···!

निःसन्देह ! —मृगांकजी ने कहा और भुने हुए नमकीन काजुओं की ओर निगाहें गड़ा दीं।

लीजिए—देवीजी ने कहा—चाय आ रही है।

सिल्क की सादी साड़ी और सादे ब्लाउज में कसी-लिपटी अधेड़ गंदुमी देह, कमलपत्री आँखोंवाला भरा-पूरा चेहरा, जूड़े के नाम पर ढीली-ढाली-सी बालों की एक गाँठ···चप्पलों वाले पैर, नाक पर चश्मा···बस, यही थीं मंजुमुखी देवी, एम० एल० सी०।

मृगांकजी ने पूछ लिया—माधवी को अर्से से नहीं देखा, क्या हाल है उसका ?

भौंहें सिकुड़ आयीं। देवीजी बोलीं—कालिज का खटराग यों ही भला क्या कम था ! जब से अपने विभाग की हैड हुई है, दम मारने की फुर्सत नहीं मिलती है बेचारी को। वो तो आप लोगों का आसिरबाद है कि थकती नहीं है माधवी।

मृगांकजी काजू चबा रहे थे। बहादुर चाय की ट्रे सामने तिपाई पर रखकर वापस जा चुका था। देवीजी झुककर चाय बनाने लगीं।

मृगांकजी ने कहा—कालिज ने इधर तरक्की तो खूब की, मगर मेरा तो उसने भारी अहित किया है···।

देवीजी की प्रश्नसूचक दृष्टि ने उन्हें अगली बात कहने के लिए उकसा दिया, बोले—कितना अच्छा लिखती थी माधवी ! शिक्षा-विशारदों ने काव्य-गगन से एक उदीयमान नक्षत्र छीन लिया, अपनी तो खैर शिष्या ही पराई हो गयी।

कविजी को चाय का प्याला थमाती हुई मंजुमुखीजी बोल गयीं—लड़की थी न ? लड़का होती तो फिर भी कविताओं से काफी कमा लेती। कंठ सुरीला है ही, रेडियोवालों से भी काफी रकम दुह लेती। मगर देखिए न मृगांकजी, बात तो ज़रा वैसी है···कोई बात नहीं, आपकी तो गोद में खेली है···बतला ही दूं आपको—मैंने ही ताने कसे थे न ? तभी तो कविताओं से माधवी ने यों मुंह मोड़ लिया ! कविताओं की कमाई से

सलीके की एक साड़ी तक नहीं ले सकी कभी। सम्पादक लोग मनीआर्डर से रकम भिजवाते थे ज़रूर, लेकिन पचीस तो शायद ही कभी आये हों! वर्ना वही पाँच, वही दस, वही पन्द्रह! भतीजियों को फुसलाने के लिए भी उतनी रकम काफी नहीं पड़ती थी, मृगांकजी! बतलाइए भला, कविता की कमाई से चली है किसी की घर-गिरस्ती? सो भी तो क्या, इस मुँहझौंसे ज़माने में? तो अब, आज आपसे कह रही हूँ, आपकी चेली को मैंने ही आपसे छीन लिया था···।

मृगांकजी गुमसुम बैठे रहे, चाय का प्याला होंठों से लग नहीं रहा था। बार-बार माधवी की परछाईं प्याले में चाय की सतह पर तैर जाती थी···कितना परिश्रम किया था मृगांकजी ने माधवी को शब्दशिल्प सिखलाने में!

देवीजी ने दोनों हाथ जोड़ लिये, कहने लगीं—अब चाहे आप मुझे अपराध के लिए जो भी दंड दें, मैं भुगत लूंगी। माधवी का लेकिन इसमें कोई कसूर न था। उस बेचारी पर रंज मत होइएगा मृगांकजी, मेरी कसम आपको, मृगांकजी!

हल्की परन्तु गम्भीर आवाज़ में मृगांकजी ने कहा—यह आपने बहुत अच्छा काम किया। वास्तविकता को इस प्रकार पकड़ लेना आप-जैसी बुद्धिमती महिलाओं का ही चमत्कार हो सकता है। मैं आपकी बेटी को गलत दिशा की ओर लिये जा रहा था। वह काँटों-भरी राह थी, कोहरा और धुन्ध और झाग···इधर क्या मिलता बेचारी को? सौ मन यश, कपूर की आरती का धुआँ, केसर और कस्तूरी की भीनी खशबू और—

मृगांकजी के होंठों पर आहत अभिमान वाली विद्रूप-भरी मुस्कान दौड़ गयी, फीकी हँसी की मनहूस परछाईं!

उन्होंने चट से चाय की दो-तीन चुस्कियाँ ले डालीं और सधे हुए खिलाड़ी की भूमिका में आ गये, प्रसंग ही बदल दिया।

—ठाकुरजी की लड़की को सितार-वादन में इस बार प्रथम पुरस्कार मिला है, आपने कभी वन्दना को सितार पर सुना है?

—सुना है कि बहुत अच्छा बजाती है। लेकिन इन दिनों नहीं सुना, दो वर्ष हो गये। अभी उस रात रेडियो खोला तो वन्दना का नाम आया। बस, नाम भर···प्रोग्राम खत्म हो चुका था।

—शादी होने वाली है वन्दना की।

—बड़ा अच्छा दूल्हा मिला है···।

—रामसागर राय की सगी बहन का लड़का ठहरा न ! एम० एस-सी० होते ही टाटा की सर्विस में ले लिया गया था। दस महीने पश्चिम जर्मनी में ट्रेण्ड हो आया है। आठ सौ खींचता है महीने में···।

देवीजी की आँखों को देखते हुए मृगांकजी ने अब के एक साँस में प्याला खाली कर दिया, किन्तु उस भद्र महिला का मन तो अपने दामाद के दुर्भाग्य की याद में भटकने लगा था। बल्कि लड़की ही किस्मत ही बुलन्द निकली, नहीं तो समाज में भला कौन पूछता है ? जाने-अनजाने कहीं किसी के दामाद की चर्चा छिड़ती तो देवीजी के चेहरे का रंग उड़ जाता।

देवीजी संभल कर चायदानी की ओर मुखातिब हुईं, कहा—एक प्याला और लेना होगा, मृगांकजी !

कविवर ने 'हाँ, की मुद्रा में माथा तो नहीं हिलाया, मुस्कान की हल्की आभा लेकिन उन पतले होंठों पर नाच ही गयी।

चाय की चुस्कियाँ लेते हुए कहने लगे—देखिए देवीजी, अब ऐसा न हो कि बाबूजी इस अनुष्ठान को दो वर्ष के लिए टाल दें···!

नहीं, मृगांकजी !—देवीजी ने मानो उछलकर कहा—नहीं, बिलकुल नहीं। बाबूजी से यह सब बतला दीजिएगा तो वह अवश्य ही 'ना' कर देंगे। उनकी यह सहज शालीनता ही उनके लिए भारी दुश्मन है। अभी चार ही महीने तो हुए हैं। बरसगाँठ के दिन मैंने उनके चार-छः मित्रों को बुलवा लिया। हुआ तो कुछ नहीं, बस पाँच-सात हल्के-ताज़े गजरे उनके गले में डाल दिये गये थे और इन हाथों ने कपूर की आरती उनके चारों ओर आहिस्ता से घुमा दी थी। चन्दन का टीका करके कुंकुम

तो खैर पहले ही लगा दिया था। उन मित्रों के लिए पार्टी-वार्टी का कोई आडम्बर नहीं रखा गया था। दो-दो संदेश-रसगुल्ले-समोसे और कॉफी का एक-एक प्याला; बनारसी पान के मगही बीड़े और ज़र्दा। बस, और कुछ नहीं हुआ था···लेकिन मृगांकजी, आप शायद विश्वास न करें, बाबूजी मुझ पर पीछे इतना नाराज़ हुए—इतना नाराज़ हुए कि मैं चार रोज़ तक उनके सामने नहीं गयी, हाँ, मृगांकजी! सच!

और देवीजी की आँखें बड़ी-बड़ी हो गयीं···।

और मृगांकजी देवीजी की उस नाटकीयता का स्वाद लेने लगे—सच, देवीजी? सच?

और दोनों देर तक हँसते रहे!

और दोनों की खिलखिलाहट तभी थमी जब कि माधवी की दो छोटी भतीजियाँ बैठकखाने में आ गयीं।

संजीदा होकर देवीजी ने पोतियों को पास बैठा लिया।

पन्द्रह सदस्यों वाली समारोह-समिति गठित की गयी।

बाबू गोपीवल्लभ ठाकुर का निवास-स्थान पुश्तैनी तौर पर यूं तो गंगा के उत्तर अंचल में पड़ता था, नेपाल की सीमा के करीब। लेकिन पिछले आठ-दस वर्षों में गंगा के दक्षिण, इस महानगरी का महत्त्व क्रमशः बढ़ता ही आया तो गोपी बाबू ने सत्तर-पिचहत्तर हज़ार की लागत से यह आलीशान कोठी तैयार करवायी। विराट तिनतल्ला भवन, आधुनिक सुविधाओं से सुसज्जित। सामने मनोरम लॉन, फूलों की क्यारियों से वेष्ठित। पीछे तीन गैरेज और नौकरों के तथाकथित क्वार्टर, माचिस बॉक्सों की तरह छोटे और अति परिमित।

सामने से कोठी का आधा निचला हिस्सा भाड़े पर उठा दिया गया था। प्रादेशिक सरकार के किसी छोटे-से विभाग की अन्यतम शाखा का निर्देशक अपने तीन सहकारियों और चपरासियों सहित उन तीन बड़े-

बड़ कमरों में डटा था। टाइप-राइटर की अनवरत टिक-टिक और बीच-बीच में कॉल-बैल की आतुर पुकार। कॉटेज इण्डस्ट्री के महाबोधि टेम्पुल वाले मॉडल के भव्य पर्दे दिन में साढ़े नौ से सवा पाँच तक वहाँ झूलते होते, दफ्तर बन्द करते समय उन्हें उतार लिया जाता। गोपी बाबू को भाड़े के तौर पर चार सौ रुपये मासिक मिलते थे।

और गोपी बाबू ने समारोह-समिति को दुतल्ले पर छोटा-सा रूम दफ्तर के लिए सौंप दिया तो सदस्यों को बड़ी प्रसन्नता हुई। यह कमरा दुतल्ले पर था। सामने बाईं ओर। बाहरी सीढ़ियों से होकर आप ऊपर पहुँचिए, बाएँ हाथ की तरफ मुड़ते ही एक साफ-सुथरी कोठरी देखेंगे···।

मृगांकजी और ललनजी की ओर देखकर गोपी बाबू बोले—बड़ी मेज़ और चार-छः कुर्सियाँ रखवा दूंगा। दो-एक रैक भी आ जायेंगी।

आज आठ ही जने एकत्र हो सके थे। संयोग ऐसा कि मंगलवार पड़ता था आज।

झा जी ने कहा—अच्छा हुआ कि समिति गठित हो गयी। 'स्थाप्यं-समाप्यं शनि-भौमवारे' मुहूर्त चिन्तामणि नामक ज्योतिषग्रन्थ में लिखा है। मेरे पितामह जो भी काम करते, आरम्भ मंगलवार को ही हुआ करता।

स्टेनलैस स्टील की छोटे थाल में अभी पान के चार-छः बीड़े शेष थे, पाठकजी का हाथ उधर बढ़ा। बोले—मैं तो भूल ही गया था कि आज मंगलवार है।

देवीजी ने आँखें नचाकर कहा—मगर मैंने तो जान-बूझकर यह मंगलवाली तारीख रखवाई थी। नहीं, मृगांकजी ?

मुंह में पान-जर्दा था, मृगांकजी ने सिर हिलाकर देवीजी के कथन का समर्थन किया।

पन्द्रहों नाम तय हो चुके थ। ललनजी ने उन्हें कागज़ पर उतार लिया था—

१. राजा रेवतीरंजन प्रसादसिंह
२. बाबू गोपीवल्लभ ठाकुर
३. महन्त सीताशरण दास
४. बाबू रामसागर राय, एम० पी०
५. पंडित शिवदयाल पाठक, एम० एल० ए०
६. श्रीमती मंजुमुखी देवी, एम० एल० सी०
७. बाबू रामप्यारे प्रसाद
८. श्री मृगांकजी
९. बाबू धर्मराज सिंह
१०. सेठ लच्छोमल बजारिया
११. बाबू रामनिरंजन अग्रवाल
१२. बाबू बमशंकर झा
१३. बाबू ब्रजबिहारी घोष, एम० एल० ए०
१४. श्री बुझावनराम, एम० एल० ए०, और
१५. श्री देवनन्दन प्रसाद (ललनजी)

पदाधिकारी जो सर्वसम्मति से निश्चित हुए :

अध्यक्ष : राजा साहब
संयुक्त मंत्री : रामसागर राय और ललनजी
कोषाध्यक्ष : गोपीवल्लभ ठाकुर
ग्रन्थ-सम्पादक : मृगांकजी

आफिस का पता, जो पैड पर छपना निश्चित हुआ :

'श्री नरपत हीरक जयन्ती समारोह समिति,
वैशाली निकेतन, पुष्पपुर-१'

काम शुरू करने के लिए तत्काल पाँच सदस्यों ने सौ-सौ रुपये जमा

कर दिये—गोपीवल्लभ ठाकुर, रामसागर राय, शिवदयाल पाठक, झा जी और देवीजी ने। ठाकुरजी और रायजी के नाम से बैंक में खाता चालू कराने का निर्णय हुआ। पैड, मुहर, पोस्टकार्ड, लिफाफे, कापियाँ, फाइल, रजिस्टर और स्टेशनरी की और-और वस्तुओं के लिए ललनजी को सौ रुपये दिये गये।

हर महीने में समिति की एक बैठक हो, यह भी तय पाया।

परिचय-पत्रिका

राजा रेवतीरंजन प्रसादसिंह

मालागढ़ स्टेट के मालिक। साहित्य-सेवी। आदिवासी जीवन और शिकार के बारे में दो-तीन पुस्तकें कभी छपवायी थीं। ज़मींदार के नाते बदनामी ही ज्यादा थी। बुढ़ापे में रंगीन तबीयत के लिए मशहूर।

बड़ा लड़का विमान-सैनिक, छोटा पुलिस-सुपरिण्टेण्डेण्ट। ग्रेजुएट लड़की इसलिए याद रहेगी लोगों को कि शादी के छः महीने बाद ही उसने आत्महत्या कर ली थी।

ब्रिटिश अमलदारी में 'राजभक्त' (लॉयल) होने के कारण अधिकारियों के लिए प्रीतिपात्र भी थे और आदरास्पद भी। १८५७ के बाद खुश होकर अंग्रेज़ों ने आपके परदादा को परगना मालागढ़ की ज़मींदारी सौंप दी थी।

१९३०, '३२ और '४२ के आन्दोलनों में आपने खुलकर साम्राज्यवादियों का साथ दिया।

बाबूजी से आप का परिचय 'जुपिटर इंश्योरेन्स कम्पनी' के कारण शुरू हुआ। ज़िन्दादिली दोनों को करीब खींच लायी थी। गंगा के सुदूर उत्तर, नेपाल की सीमा के निकट किसी ब्रिटिश कम्पनी का चीनी का एक कारखाना था, राजा साहब ने सन् '४० के आसपास उसे खरीद लिया। स्वाधीनता-प्राप्ति के बाद चीनी-मिलों के मज़दूर संगठित होने लगे तो बाबूजी की राय से आपने स्वयं ही आगे बढ़कर अपनी फैक्टरी का फाटक राष्ट्रीय मज़दूर कांग्रेसवालों के लिए खोल दिया था। मजदूरों की माँगों को ट्रिब्युनल के मर्तबान में डालकर उनका अचार डालना कोई भला आपके-मिल मैनेजर से सीख जाये! दो मज़दूर-नेताओं को आपके कर्मचारियों ने हमेशा के लिए लापता कर दिया है।

विनोबाजी आये तो पानी के अन्दर सदा डूबी रहनेवाली पाँच बीघा ज़मीन का दान-पत्र राजा साहब ने संत के चरणों में अर्पित किया। पद-यात्रा में दो रोज़ साथ रहे। पार्टीविहीन जनतंत्रवादी जयप्रकाश की बातें आपको बेहद भातीं, मगर इसी बीच वयोवृद्ध राष्ट्रीय नेता राजगोपालाचारी स्वतन्त्र पार्टी का शंख इतने ज़ोरों से फूंकने लगे कि राजा साहब भारी पशोपेश में पड़ गये हैं।

ज़मींदार न रहने पर भी राजा साहब हज़ारों बीघा ज़मीन के मालिक हैं। बड़े नगरों में आपके बीसियों मकान हैं। मकानों के भाड़े से लगभग पचास हज़ार रुपए प्रति वर्ष आते हैं। चार ट्रैक्टर, दस ट्रक, बिजली के तीन जेनरेटर, एक सिनेमाघर, दो मार्केट, बन्दूक-पिस्तौल की एक बड़ी दुकान…राजा साहब की मिलिकयत में और भी बहुतेरी चीजें शुमार हैं।

राजनीति में राजा साहब की दिलचस्पी कूट-कौशल की तरफ ही ज़्यादा रही। चुनाव से अधिकार हासिल करने का यह तरीका आपको पसन्द नहीं है।

पीठ-पीछे नेताओं को गालियाँ अब भी देते हैं।

बाबू गोपीवल्लभ ठाकुर

बी० ए० (ग्रानर्स)···ज़ालिम ज़मींदार, '३६ तक राष्ट्रीय महासभा के जानी दुश्मन, '४८ तक तटस्थ ग्रौर '४६ से स्वयं 'राष्ट्रीय नेताग्रों की कतार में'।

दो बार डाका-कांड में ठाकुरजी की बन्दूक पकड़ी गयी। गाँजे के ग्रवैध व्यापार के ग्रन्यतम हीरो।

बटाईदारी खेतों से किसानों को बेदखल करने का सिलसिला ठाकुर-जी का ग्रब भी जारी है। कई कत्ल करवाये हैं। लड़के को ससुराल-वालों से ग्रबरख की दो खानें मिली हैं। घाटों की ठेकेदारी। स्टीम-इंजन-वाली दो नावें चलती हैं। पाँच वर्ष एम० एल० ए० रहे थे। राजनीति में बाबूजी के शिष्य।

महन्त सीताशरण दास

गुरुभाई को 'मिठाई' खिलाकर वैकुण्ठलोक पहुँचा दिया, फिर रोते हुए गद्दी पर बैठे।

१६४२ में ग्रंग्रेज़ों की मदद की ग्रौर ग्रान्दोलनवालों की भी। ग्राधा दर्जन भगतिनों के उद्धारक।

बेदखली के हीरो। किसानों ग्रौर खेतिहरों के पक्ष में जो भी दो बात बोला, महन्तजी ने उसकी मरम्मत करवा दी। विरोधी दल के एक विधायक ग्रपनी कटी बाँह के चलते ग्राज भी लोगों को महन्तजी की याद दिलाते हैं।

ग्रपने यहाँ 'ग्रखिल भारतीय सन्त-महासम्मेलन' करवा चुके हैं। १६५० के बाद महन्तजी राष्ट्रीय महासभा के सक्रिय सदस्य बन गये। सन्त-हितकारी समाज की स्थापना हुई तो ग्राप उसके प्रादेशिक सचिव बनाये गये।

बाबूजी के पक्के ग्रनुयायी। देवोत्तर-सम्पत्ति कण्ट्रोल बोर्ड के तीन सदस्यों में से एक। मैथिली-संस्कृत-हिन्दी में कई धार्मिक ग्रन्थों के प्रणेता।

जटा बहुत बड़ी नहीं है।

संस्कृत हाई स्कूल, हिन्दी मिडिल स्कूल, भारतेन्दु साहित्य सभा आदि अनेक संस्थाएँ महन्तजी की आरम्भ की हुई हैं। गाँजा नहीं पीते हैं, लेकिन उनकी गंध अप्रिय नहीं है।

बाबू रामसागर राय, एम० पी०

युनिवर्सिटी की पढ़ाई छोड़कर '३२ में नमक उबालने गये, साल-भर की सज़ा हुई जेल की।

कांग्रेस सोशलिस्ट पार्टी—स्टूडेण्ट फेडरेशन—किसान सभा—फॉरवर्ड ब्लॉक…'४२ में साल-भर फिर जेल के अन्दर। १९४६ आते-आते नेहरू की ओर झुक गये, यानी कांग्रेसी बन गये।

ऐसे तेज़-तर्रार युवक के लिए लोकसभा का सदस्य होना भला क्या कठिन था? १९५२ के चुनाव में रायजी पार्लमेंट तक पहुँच गये।

डेलीगेशन में शामिल होकर दो बार विदेश-यात्रा की है। प्रादेशिक नेताओं में से शासकीय गुट के तो आप अत्यन्त विश्वासपात्र हैं। रहना इधर नई दिल्ली होता है। बीच-बीच में श्रीनगर, बम्बई, कलकत्ता, पांडिचेरी, मद्रास, पटना और अपनी जन्मभूमि का गाँव मौज़ा सहसोला का चक्कर लगा आते हैं। पिछले कुछ-एक वर्षों से अध्यात्म-विद्या और फलित ज्योतिष की ओर झुके हैं। लड़की की शादी के लिए तीस हज़ार रुपये ख़रचने पड़े।

बाबूजी के प्रेमपात्र।

बाबूजी पर दमा का आक्रमण होता है तो रामसागर बाबू दिल्ली से उड़कर आ जाते हैं। मंजुमुखी देवी को आप 'बहनजी' कहते हैं और माधवी आपको 'मामाजी' कहती है।

राजा साहब के बारे में आपका एक लेख छपा था—अंग्रेज़ी में। महन्तजी, गोपी बाबू, मृगांकजी, झा जी, ललनजी आदि से रायजी की ख़ुब छनती है।

पंडित शिवदयाल पाठक, एम० एल० ए०

पुराने नेता।

मैट्रिक पास। १६३०-३२ के सत्याग्रह में कालिज छूटा था, '३४-'३८ तक प्रख्यात किसान-नेता स्वामी सहजानन्द के साथ रहे।

१६६८ के अन्त में ज़मींदारों से मिल गये और सौ बीघा ज़मीन हासिल की। १६४२ में छः महीने जेल के अन्दर रहे। १६४३-४६ के दरम्यान कपड़ों की डीलरी मिल गयी, फिर खद्दर का कारोबार किया।

१६५२ में विधान सभा के सदस्य चुने गये।

१६५७ में भी, मगर सवा सौ वोटों के मार्जिन से। प्रतिद्वन्द्वी उम्मीदवार कम्युनिस्ट था।

पाठकजी अपने निर्वाचन-क्षेत्र को एक बार 'अकालग्रस्त' घोषित करवाने में सफल हुए।

लघु-सिचाई योजना के अन्दर पाठकजी के इलाके का पीछे काफी 'नाम' हुआ। छोटी नहरों का जाल बिछ गया, जिनसे होकर लक्ष्मी सीधे नये ठेकेदारों के घर पहुँच गयी। वे पाठकजी के अपने आदमी थे। अपने गाँव में मिडिल स्कूल था, उसे ग्यारहवीं श्रेणी तक उठा दिया। अगली दफा यदि पाठकजी विधान सभा में वापस आ गये तो स्कूल को 'कालिज' करवा के छोड़ेंगे।

'अखिल भारतीय राष्ट्रीय महासभा' की सदस्यता के लिए इलाके में भारी भिड़न्त हो गयी, पाठकजी को दासजी ने चित्त कर दिया···निश्चित ही दासजी की पीठ पर 'विक्षुब्ध' राजनीतिज्ञों का हाथ था।

एक बेटा देहाती कालिज में अध्यापक है, नेशनल कैडेट कोर में वह कई वर्षों से रहा है। उस सिलसिले में नागपुर, अम्बाला, कोचीन हो आया है।

दूसरा लड़का चीनी मिल से सम्बन्धित है, गन्ना-उत्पादक संघ की सिफारिश पर वह इन दिनों 'केन इन्स्पेक्टर' है। अपने गाँव का सरपंच भी है वह।

पाठकजी की तीसरी सन्तान भी सुयोग्य है—योगमाया देवी। 'बुनियादी महिला शिल्पशाला' के नाम पर वह एक संस्था चलाने लगी है। शासकीय गुट के जितने भी एम० एल० ए०, एम० एल० सी०, एम० पी० हैं, योगमाया को सबका स्नेह मिलता है। सर्वोदयी नेताओं की कृपा-दृष्टि तो उसे पहले से ही मिली हुई है। दो मंत्री और पाँच उपमंत्री शिल्पशाला देख गये हैं। ज़िला के हाकिम अब भला इस संस्था की उपेक्षा करेंगे ?

पाठकजी का छोटा लड़का छोटा नागपुर में टैक्निकल कोर्स पूरा कर रहा है...।

इस प्रकार पाठकजी अपने भविष्य के प्रति आश्वस्त हैं।

श्रीमती मंजुमुखी देवी, एम० एल० सी०

आयु ४५ से ऊपर। १९४६ में पति का देहान्त, टी० बी० से। वह मुख्तार थे, मगर राजनीतिक ईमानदारी ने धन्धे को कभी जमने नहीं दिया। स्वयं देवीजी दर्जा चार तक पढ़ी-लिखी हैं। गांधीजी की अपील पर '३०-३२ में पर्दे से बाहर आयीं। शराब की दुकान पर धरना दिया था, पुलिस वाले पकड़ ले गये थे। अगले ही दिन छोड़ दिया था। क्रान्तिकारियों को टिकाने के अभियोग में उन्हीं दिनों पुलिसवाले फिर पकड़ ले गये। तीन महीने बाद छूटीं। पति की मृत्यु के बाद वाले दो वर्ष तबाही में कटे और फिर आप बाबूजी के सम्पर्क में आ गयी थीं।

बाबूजी की दया-दृष्टि से देवीजी का विकास अभिनेत्री के रूप में होने लगा—अभिनेत्री ? जी हाँ, अभिनेत्री ! लेकिन फिल्म-लोक की नहीं, सत्ताऽऽरूढ़ राजनीतिक दल की अभिनेत्री...उसके भी गुट-विशेष की, जिसके अन्यतम हीरो थे बाबूजी।

अब आजकल अपना कॉटेज तैयार हो गया है। दो लड़के कालिजों में पढ़ते हैं। बेटी अध्यापिका है—माधवीसहाय, एम० ए०।

'इंट,पत्थर-सुर्खी-चूना मज़दूर यूनियन', 'छपाई-कामगार संघ', 'दाई-आया एसोसिएशन' आदि कई संगठनों की अध्यक्षा हैं देवीजी।

'महिला मंगल समाज' की जनरल-सेक्रेटरी हैं :

कुछ ज्यादा पढ़ी-लिखी रहतीं तो अवश्य ही अब तक डिप्टी-मिनिस्टर हुई होतीं।

अपना 'एम० एल० सी० फ्लैट' भाड़े पर उठा दिया है···।

बाबू रामप्यारे प्रसाद

पहले अध्यापक थे। आजकल सामाजिक प्रवृत्तियों के केन्द्र बन गये हैं।

साधना-सदन के महामंत्री।

महीने में एक बार देवघर अवश्य पहुँचते हैं। 'चैतन्य रामकृष्णावतार', 'परम गुरु' ठाकुर श्री १०८श्री अनुकूलचन्द्रजी महाराज के चरण-कमलों की छाया में कुछ काल बिताकर अगले ही दिन देवघर से वापस आ जाते हैं। विश्राम के लिए बाबू रामप्यारे प्रसाद अक्सर मधुपुर के निकट किसी पहाड़ी स्थान पर पहुँच जाते हैं—बीस वर्ष कलकत्ता रहकर धनकुबेर के जिस खानदान का पारिवारिक अंग बन गये आप, उन्हीं लोगों का बंगला है। मेन लाइन के किनारे।

धनकुबेर की विधवा बहन—गोमती बाई—के साथ हाल ही में वह दो महीने के लिए तीर्थ-यात्रा पर निकले थे।

बाबू रामप्यारे प्रसादजी के वयोवृद्ध ताऊ बाबू लल्ली प्रसादजी का कहना है—"जनमकुंडली में राजजोग लिखा है, तभी तो रामप्यारे आसमान में उड़ता है! कभी बंगाल जाता है, कभी नेपाल! देखो न, अस्सी रुपइया का कम्बल मेरे लिये ले आया है! जाने क्या कहते हैं इस कम्बल को थुलमा कि गुदमा? बाप रे बाप···कितना भारी है, कितना नरम! और गरम कितना है, बाप रे बाप!···अब की रामप्यारे कमरू-कमच्छा जायेंगे तो अंडी-चादर लेते आयेंगे मेरे लिए···।" और फिर आस-पास वह भेदी निगाहों से देखकर फुसफुसी आवाज़ में बोल जायेंगे—"रामप्यारे को करनपिसाची सिद्ध है न! नम्बरी नोटों का बंडल आलमारी के अन्दर अपने-आप आ जाता है! देखते नहीं हो? छौ ठो औंठी उँगलियों में चमक रही हैं—एक-एक अँगूठी पाँच-पाँच सौ की होगी!···"

श्री मुचकुन्द मिश्र 'मृगांक'

छपी किताबें दो दर्जन से ज़्यादा ही होंगी। गुमनाम तौर पर स्कूली रीडरें भी कम नहीं तैयार की हैं।

बीस वर्ष तक 'साहित्य विद्यालय' के आचार्य रहे। एक पुस्तक पिछले दस वर्षों से 'प्रवेशिका' के लिए 'अनिवार्य पाठ्यक्रम' के तौर पर निर्धारित है। वार्षिक आय इस एक ही किताब की बदौलत छः हज़ार की है।

आधा दर्जन प्रकाशकों के परामर्शदाता। पंकज प्रकाशन वाला दुर्गा बाबू तो बेहद कद्र करता है, 'गुरूजी-गुरूजी' कहता है। 'साधना-सदन' के विकास में मृगांकजी का भी काफी योग रहा हैं। मंजुमुखी देवी, धर्मराज-सिंह, शिवदयाल पाठक, बृजबिहारी घोष और बाबूजी के नाम पर जो भी लेख सामायिक पत्रों में दिखायी पड़ते हैं, वे आपके ही अध्ययन का फल हैं।

बाबू धर्मराज सिंह

सरकारी विज्ञापन बटोरने के लिए दो साप्ताहिक निकालते हैं। कोटे का न्यूज़प्रिन्ट वाला कागज भी काफी बचा लेते हैं। दो नामों पर एक ही प्रेस चलता है। टाइप फाउंड्री भी एक चला रखी है।

देहात में ईंट के भट्टों का कारोबार है।

चार ट्रक। उन्नीस रिक्शे।

उदीयमान ठेकेदार।

साहित्यिकों और नेताओं की मदद करने में दिव्य आनन्द का अनुभव होता है।

'हिन्द हितकारी समाज' की युवक शाखा के उत्साही कार्यकर्ता।

नगेन्द्र का पुराना साथी होने से बाबजी का दुगना प्यार पाया है।

सेठ लच्छोमल बजारिया

खालिस 'बिज़नेसमैन'···बाबूजी के अपने क्षेत्र के विश्वस्त

नागरिक।

हिन्दी श्रौर टूटी-फूटी श्रंग्रेज़ी के श्रलावा श्राधी दर्जन श्रांचलिक भाषाएँ फराटे से बोलते हैं।

मिर्चा, तम्बाकू श्रौर तिलहन (सरसों, तीसी, रेंड) श्रौर दलहन (श्ररहर, चना, मसूर, मटर, खेसारी, उड़द, मूंग, कलाई) के बहुत बड़े श्राढ़तदार होने को वजह से सन् '५० के बाद ही खुलकर खादी श्रपना सके।

सेठ रामनिरंजन श्रग्रवाल

खान-क्षेत्र के धनपति।

कलकत्ता के एक मशहूर प्रेसपति के दामाद।

बी० ए० (श्रानर्स) श्रौर साहित्यरत्न।

हिन्दी-बंगला-मैथिली श्रौर श्रंग्रेज़ी धाराप्रवाह बोलते हैं।

राष्ट्रीयता का उद्रेक श्रग्रवालजी के हृदय में यों तो '४२ में हो चुका था, लेकिन राष्ट्रीय महासभा के सदस्य श्राप '४८ के बाद ही बन सके।

बीच में एक बार विधान परिषद के सदस्य नौमिनेट हुए श्रौर एक बार राज्य सभा के। सांस्कृतिक मामलों में भी गहरी रुचि है श्रापकी। पिछली बार यूनिवर्सिटी की सिनेट में श्रा गये हैं, स्नातकीय-निर्वाचन-क्षेत्र से।

व्यापार मंडल की श्रोर से श्रग्रवालजी रेलवे के क्षेत्रीय परामर्शदाता बोर्ड में प्रतिनिधि हैं। बाबूजी के दो 'भीतरी शत्रुश्रों' को विधान सभा में न श्राने देने के लिए श्रापने कुछ उठा नहीं रखा था।

बाबू बमशंकर झा

१९५२ में विधान सभा के सदस्य चुने गये। १९५७ में हार गये—लेकिन ज़मानत ज़ब्त नहीं हुई।

गंगा से उत्तर किसी भी सार्वजनिक समारोह में बाबूजी जाते हैं तो झा जी ज़रूर साथ होते हैं।

तराई (नेपाल) इलाके में रिश्तेदारी है।

'हिन्द हितकारी समाज' की ज़िला शाखा के सभापति के नाते गत वर्ष झा जी ने जीप खरीदी। वह खूब काम आती है। गीयर से ऊपर दोनों मीटरों के बीचो-बीच बाबू का छोटा-सा, नफीस-सा एक फोटो चिपका हुआ है जीप में…टूटे दाँतों वाला खुला मुँह प्रसन्न मुद्रा में कैसा अच्छा जँचता होगा, कल्पना कीजिए!

झा जी का क्षेत्र दो बार अकालग्रस्त घोषित हो चुका है, '५६ में और '५९ में।

बड़े भाई हाल ही में मुखिया चुने गये हैं। लड़का मेडिकल कालिज में पढ़ता है। लड़की नवीं में आयी ही थी कि स्कूल छुड़वा दिया…।

बाबू ब्रजबिहारी घोष, एम० एल० ए०

कोसी क्षेत्र के शिक्षित यादव युवक। ऊँची जाति वालों के लिए दिल में अपार घृणा…फिर भी उनकी आपसी फूट का इस्तेमाल अपने स्वार्थ-साधन में कर ही लेते हैं। फिलहाल बाबूजी के गुट में हैं।

श्री बुझावनराम, एम० एल० ए०

तथाकथित 'पिछड़ा वर्गीय'…शिक्षा इन्टरमीडिएट तक।

'वाल्मीकि विद्या मन्दिर' के प्रतिष्ठाता। १९५२ में भी आप विधान सभा के सदस्य चुने गये थे।

बीच में एक बार अम्बेडकर की ओर झुके थे। लेकिन फिर 'सही रास्ते' पर आ गये।

विधान सभा के अन्दर बुझावन बाबू वर्ष-भर में दो-एक ही बार मुँह खोलते होंगे, ज़रूरत ही नहीं पड़ती है।

फिलहाल बाबूजी के गुट में।

लड़का कालिज में पढ़ता है।

एक लड़की ससुराल जायेगी, दूसरी अभी बच्ची है।

बाबू देवनन्दन प्रसाद (ललनजी)

१९३० में कालिज की पढ़ाई छोड़कर सविनय आज्ञाभंग आन्दोलन में कूद पड़े।

१९३४ में कांग्रेस सोशलिस्ट पार्टी की स्थापना हुई तो ललनजी उसके उत्साही मेम्बर थे।

पीछे पेशे के तौर पर पत्रकारिता को अपना लिया। १९४२ में चतुराई से अपने धंधे में लगे रहे, जेल की हवा नहीं खानी पड़ी।

१९४३-४४ में अंग्रेज़ी दैनिक के स्टाफ रिपोर्टर थे। १९४५-४६ में न्यूज़ एडीटर। १९४७ में एक बहुत बड़े ज़मींदार ने हिन्दी में दैनिक पत्र निकाला तो ललनजी उसके प्रधान सम्पादक हुए।

१९५० से १९५७ तक सूचना-विभाग के डिप्टी डाइरेक्टर थे। अब फिर 'स्वतन्त्र' पत्रकारिता अपना ली है—अंग्रेज़ी में एक साप्ताहिक निकालते हैं। दो दैनिकों में सप्ताह में एक-एक बार तीन-तीन कॉलमवाले लेख लिखते हैं।

मंजुमुखी देवी की मौसी की जेठानी के लड़के हैं ललनजी। दोनों की उम्र में चार-छः ही साल का अन्तर है। सात पुत्रियों और चार पुत्रों के पिता।

कविता और संगीत के प्रेमी।

रामसागर बाबू से प्रगाढ़ मैत्री···।

सेठ पूनमचन्द झंझानिया

आप समारोह समिति में पीछे लिये गये—सेठ लच्छोमल बजारिया की जगह।

चीनी के दो कारखानों के मालिक।

लोहा और सीमेंट का कारोबार करने वाली एक बहुत बड़ी फर्म के तीन साझीदारों में से एक।

बीसों फ्लैट बनवाकर भाड़े पर उठा रखे है।

शिक्षा मामूली। हिन्दी और अंग्रेज़ी दोनों का ज्ञान बस कामचलाऊ-भर है। परन्तु तीन मैनेजरों और दो बड़े मुनीमों की दृष्टि में सेठ पूनमचन्द की बड़ी कदर है। वे सेठ की व्यावसायिक प्रज्ञा का लोहा मानते हैं।

डुमरिया के कुमार साहब से आपकी गाढ़ी दोस्ती है और उन्हीं के अनुरोध पर सेठ 'समारोह समिति' में आ गये।

खादी विशेष अवसरों पर ही पहनते हैं।

समारोह समिति की बैठकें

पहली बैठक दस दिन बाद हुई।

पाँच ही सदस्य उपस्थित हो सके।

ललनजी ने कहा—कोई बात नहीं…

शुभ कार्यों में विघ्न होना स्वाभाविक है—मृगांकजी ने वाक्य पूरा किया।

इस पर देवीजी से न रहा गया, बोलीं—मगर इस तरह कैसे पार-घाट लगेगा, गोपी बाबू ? मैं तो सोचती थी, आज राजा साहब जरूर आयेंगे। देखिए न, वह आज भी नहीं आये !

पाठकजी ने ललनजी से पूछ लिया—खबर तो सबको गयी होगी ?

रजिस्टर सामने आ गया, ललनजी पान चबा रहे थे।

पाठकजी सदस्यों के पते देख गये। भेजे गये पत्र की प्रतिलिपि भी

रजिस्टर में दबी पड़ी थी।

मृगांकजी पॉकेट से कुछ निकाल रहे थे।

देवीजी की निगाहें मृगांकजी की उसी पॉकेट पर मँडराने लगीं।

मृगांकजी के गालों पर मृदु हास्य की अरुणाभा खेल गयी, बोले—कुछ नहीं है, देवीजी···!

नहीं—ललनजी ने कहा—जरूर कुछ है! लाइए, इधर बढ़ाइए, मृगांकजी!

किन्तु कागज़ देवीजी के हाथों में पहुँच गया।

देवीजी दाहिना हाथ आगे बढ़ाकर बोलीं—लीजिए ललनजी, सुना दीजिए सबको···!

गोपी बाबू और पाठकजी ने साथ ही कहा—हाँ ललनजी, सुनाइए न!

ललनजी सुनाने लगे—

"विश्वात्मा बाबूजी
"करुणामय बाबूजी
"वीतराग बाबूजी
"निर्लिप्त बाबूजी
"बाबूजी का शब्द-शिल्प
"बाबूजी की परिहास-प्रियता
"बाबूजी और हिन्दी
"बाबूजी और संस्कृत
"बाबूजी और अंग्रेजी
"बाबूजी और सामाजिक पुनरुत्थान
"बाबूजी और नव-निर्माण
"बाबूजी और बौद्ध-धर्म
"बाबूजी और खादी-विकास
"क्रान्तिकारियों के प्रच्छन्न आश्रयदाता

'वज्रादपि कठोराणि, मृदूनि कुसुमादपि

"गगनं गगनाकारं, सागरः सागरोपमः

"जननायक : एकांकी

"तूफान और नाविक : गद्य-काव्य

"काव्य-पुष्पांजलि : कविताएँ...।"

ललनजी सुनाते ही जा रहे थे कि गोपी बाबू का बड़ा कुत्ता आकर देवीजी के करीब खड़ा हो गया।

देवीजी का ही नहीं, पाठकजी का भी सारा ध्यान उस अलसेशियन ने अपनी तरफ खींच लिया था। लाल-लाल लम्बी जीभ निकाले वह मुस्तैदी की मुद्रा में खड़ा था... ।

सुन नहीं रहे हैं आप लोग ?—मृगांकजी ने चुटकी बजाकर देवीजी की ओर देखा तो पाठकजी भी चौंक उठे—हाँ, मैं तो सुन रहा हूँ...हाँ... 'काव्य-पुष्पांजलि'...आगे क्या है ?

देवीजी और कुत्ते की ओर एक नज़र मारकर ललनजी ने फिर से उस कागज़ को पढ़ना शुरू किया—

"बाबूजी की प्रिय पुस्तकें

"बाबूजी और निरक्षरता-निवारण

"बाबूजी के दार्शनिक विचार

"बाबूजी और किसान-जागरण

"बाबूजी और पुस्तकालय-आन्दोलन

"बाबूजी और खिलौना-व्यवसाय...।"

अबकी गोपीबाबू के कारण ललनजी को रुकना पड़ा।

बात यह थी कि कुत्ता बार-बार अपने मालिक की ओर देख रहा था और उनसे वह अवश्य ही एक-आध प्यार-भरा इशारा चाहता था।

गोपी बाबू ने सीटी देकर कुत्ते को बाहर भेज दिया और ललनजी की ओर देखने लगे।

अब रहने दीजिए—देवीजी ने ललनजी से कहा।

मृगांकजी बोले—थोड़ा ही तो रह गया था···।

हाँ, रहने दीजिए !—पाठकजी ने भी कहा।

ललनजी ने मृगांकजी को कागज़ वापस दे दिया।

पूछने लगे—कितना बड़ा होगा ग्रन्थ ?

रॉयल साइज़ के चार सौ पृष्ठ होंगे—मृगांकजी ने कहा।

भारी रकम भुर्ता होगी लेख कलेक्ट करने में !—गोपी बाबू सिगरेट लगाकर बोले।

—पाँच हज़ार !

—और सम्पादन में ?

—छः हज़ार !

—छपाई में ?

—पाँच हज़ार !

—कागज़ में ?

—चार हज़ार !

—बँधाई में ?

—दो हज़ार !

हिसाब जोड़ने की मुद्रा में क्षण-भर आँख नचाकर गोपी बाबू ने कहा—तो इसका मतलब हुआ कि अकेले यह पोथा ही समिति के बाईस हज़ार रुपये चट कर जायेगा ?

बाप रे !—देवीजी के मुँह से निकला—बाइस हज़ारऽर !

पाठकजी ने तो विस्मय के मारे मुँह बा दिया।

ललनजी को अच्छे कागज़ और अच्छी छपाई और अच्छी बँधाई का थोड़ा-बहुत अनुभव था। उन्हें यह भी मालूम था कि नामी साहित्यकार अपनी रचनाओं के लिए कितनी अधिक रकम ऐंठ लेते हैं।

इसी से ललनजी चुप रहे।

गोपी बाबू ने दूसरी बार उनको सिगरेट थमाई।

ललनजी दो बार कश खींच चुके और धुआँ पंखे से ऊपर पहुँच चुका

तो गोपी बाबू ने उनकी तरफ गर्दन बढ़ाकर कहा—आप क्यों चुप हैं, देवनन्दन बाबू ?

ललनजी ने मानो कुछ सोचते हुए कहा —मृगांकजी का हिसाब गलत नहीं होगा। अभिनन्दन-ग्रन्थ की तैयारियों का सही तजुर्बा यहाँ भला किसको है ? जाइए, दिल्ली-कलकत्ता-बम्बई जाकर पता लगा आइए, गोपी बाबू ! 'सत्यार्थप्रकाश' या 'कालिदास ग्रन्थावली' की छपाई से कोई अन्दाज़ नहीं मिलेगा इसका, समझे आप ? बल्कि जितना कहा है मृगांकजी ने, उससे हज़ार-डेढ़ हज़ार ज़्यादा ही लगेगा।

इस पर किसी ने कुछ नहीं कहा। सभी चुप थे।

पाठकजी की निगाहें उठीं, कलाई पर जम गयीं।

देवीजी पूछने लगीं—कहाँ जायेंगे ? मैं भी एक मीटिंग में जा रही हूँ। गाड़ी आती होगी।

गोपी बाबू बोले—अगली बार राजा साहब को पकड़ना ही होगा। अध्यक्ष ही गायब रहेंगे तो समिति क्या कर लेगी ?

क्या हो गया ?—ललनजी ने गोपी बाबू की ओर देखकर कहा—राजा साहब ने खुद ही तो कहला भेजा था। उन्हीं की सुविधा के मुताबिक आज की डेट और यह वक्त मीटिंग के लिए रखा गया...।

—और वही नहीं आये !—देवीजी नाटकीय मुद्रा में बुदबुदायीं।

पाठकजी गोपी बाबू की ओर सादा लिफाफा बढ़ाते हुए बोले—झा जी दे गये हैं।

सौ-सौ के दस नोट थे। गोपी बाबू ने फिर उन्हें लिफाफे के अन्दर रख लिया और आवाज दी—शर्माऽऽ...!

पास वाले छोटे कमरे से एक खूबसूरत नौजवान निकला और गोपी बाबू की कुर्सी के बाएँ आकर खड़ा हो गया—जी !

लिफाफा थमाकर गोपी बाबू ने कहा—अभी हमारे पर्सनल एकाउन्ट में इस रकम को डाल दीजिए, कल खाता खुलवा लेंगे समिति के नाम पर। आप बैंक तो जाइएगा ही कल।

—जी !

शर्मा बाहर हुआ तो देवीजी बोलीं—हड़बड़ी में रहे होंगे, नहीं तो झा जी मुझसे ज़रूर मिलते।

—हाँ हड़बड़ी में थे—पाठकजी ने कहा—साइन्स कालेज के होस्टल में लड़का देखने आये थे।

ललनजी ने प्रच्छन्न रूप में साँस खींची, उन्हें अपनी दोनों सयानी लड़कियाँ याद आयीं। ललनजी भी परसों लड़का देख आये थे। वह अक्सर लड़का देखते रहते हैं। कई वर्ष हो गये। लड़का लेकिन एक भी हाथ नहीं आया अब तक…।

बुझी आवाज़ में ललनजी ने पूछा पाठकजी से—तो जँचा कि नहीं लड़का ?

—पता नहीं !

—झा जी की लड़की तो अभी छोटी है।

—तो क्यों परेशान हैं अभी से ?

—ठिकिया के रखेंगे, शादी कभी फिर होगी।

इतने में कॉफी के प्याले आ गये।

उधर कार भी आ गयी देवीजी के लिए।

समिति की दूसरी बैठक चालीस रोज़ बाद हुई।

लगता था कि जुटाने के लिए अब की कोई खूब दौड़ा है। राजा साहब, सेठ रामनिरंजन अग्रवाल, महन्त सीताशरण दास, बाबू रामसागर राय, एम० पी०, बाबू रामप्यारे प्रसाद, बाबू धर्मराज सिंह, बाबू बमशंकर झा, बाबू ब्रजबिहारी घोष, एम० एल० ए० और वे पाँचों सदस्य आ गये जो 'पहली बैठक' के नाम पर पिछले महीने एकत्र हुए थे।

दूसरी बैठक जमकर ढाई घंटे तक चली।

बीच में नाश्ता चला।

कॉफी के प्याले खाली हुए ।

पान के चालीस बीड़े···एक डिबिया ज़र्दा···किवाम की छोटी-सी ट्यूब···तोला-भर चूना···तोला-भर सुपारी के टुकड़े···चालीस सिगरेटें···दियासलाई की पूरी डिब्बी···।

(महन्तजी के लिए) चार सेब, आधा पाव अंगूर, दो गिलास शर्बत···।

और इस प्रकार निश्चय किया गया कि—

(क) कम से कम डेढ़ लाख रुपये वसूल किये जायें,

(ख) पचीस हज़ार रुपयों की लागत से एक अपूर्व कोटि का अभिनन्दन-ग्रन्थ निकाला जाये,

(ग) बाबूजी को इस अवसर पर इकहत्तर हज़ार रुपयों की थैली दी जाये,

(घ) इस अवसर पर एक विराट सांस्कृतिक महोत्सव का आयोजन किया जाये, और

(च) समिति की शेष निधि का उपयोग बाबूजी के नाम पर खोली जानेवाली किसी लोकोपयोगी संस्था के संचालन में हो ।

और इन फैसलों को अमल में लाने के लिए दो उप-समितियों का गठन हुआ—अर्थ-संग्रह उप-समिति और ग्रन्थ-सम्पादक उप-समिति का। अर्थ-संग्रह उप-समिति में लिये गये :

राजा साहब
गोपी बाबू
महन्तजी
रामसागर बाबू, और
अग्रवालजी ।

ग्रन्थ-सम्पादक उप-समिति में लिये गये :

मृगांकजी
ललनजी, और
धर्मराज सिंह ।

अंत में कहा गया—आगे चलकर एक और उप-समिति का गठन होगा, प्रचार उप-समिति का।

और यह भी कहा गया कि आवश्यकता पड़ने पर दोनों उप-समितियाँ समिति के अन्यान्य सदस्यों का आंशिक या पूर्ण सहयोग लेंगी।

कलकत्ता में वैसे औद्योगिक-व्यावसायिक फर्मों की कमी नहीं बल्कि बहुतायत है, जिनका लगाव-बुझाव पड़ोसी राज्यों से है।

अर्थ-संग्रह उप-समिति की राय हुई, खान-क्षेत्रों का चक्कर लगाकर कलकत्ता का भी ट्रिप रहे।

ग्रन्थ-सम्पादन समिति की ओर से मृगांकजी और ललनजी को भी छपाई आदि की व्यवस्था के लिए कलकत्ता पहुँचना था।

लेकिन इसमें डेढ़ महीना लग गया।

मृगांकजी ने सम्पादन का काम ज़ोरों से चालू कर रखा था। विद्वानों और साहित्यकारों के नाम दो-दो बार पत्र जा चुके थे। पारिश्रमिक के लिए अगाऊ रकम मनीआर्डर से बीसियों को भेजी जा चुकी थी। तीस-चालीस लेख, दस-बारह कविताएँ, दो एकांकी, संस्मरण वाले पाँच-सात लेख—काफी सामग्री आ चुकी थी, आधी से अधिक। जीवनी-खंड में ज़्यादा काम मृगांकजी को खुद करना था। ब्लाकों के लिए दर्जनों फोटो जुटाए गये थे।

मृगांकजी और ललनजी को कलकत्ता पहुँचे दो रोज़ हुए, राजा साहब और रामसागर बाबू आदि तब पहुँचे। महन्तजी नहीं आये थे।

मृगांकजी अपने एक राजस्थानी मित्र के बंगले में ठहरे थे, सलकिया ललनजी तो खैर साथ थे ही।

राजा साहब आदि 'ग्रेट ईस्टर्न' में उतरे।

फोन करके 'महामाया प्रेस' से दोनों को बुलवा लिया गया।

संयोग ऐसा कि अपने काम से बाबू रामप्यारे प्रसादजी इन दिनों

कलकत्ता ही थे। खबर पाकर वह भी आ गये।

रामप्यारे प्रसादजी को देखते ही राजा साहब बोल पड़े—वाह, आप भी आ गये !

—जी, मैं तो आठ-दस रोज़ से हूँ यहाँ। कल पता चला तो अटकल भिड़ाकर आज सवेरे प्रेसवालों को फोन किया। गनीमत है कि आप लोगों से मुलाकात हो गयी !

इस पर गोपी बाबू ने ललनजी से कहा—कैसे सेक्रेटरी हैं आप ? सदस्य कहाँ है, इसका भी पता नहीं रहता है आपको ! मृगांकजी को इन बातों का ध्यान न रहे तो वह होगी एक बात, मगर आप तो पत्रकार हैं, ललनजी !

रामप्यारे प्रसाद ने कहा—इनका कोई कसूर नहीं है इसमें। मैं ही अकस्मात् कलकत्ता आ गया।

—कोई बात नहीं, रामप्यारे बाबू !—रामसागर बाबू सिर उठाकर बोले। वह टाइप किया हुआ कोई डॉक्यूमेंट देख रहे थे।

राजा साहब अब ललनजी की तरफ देख रहे थे।

ललनजी फोलियो-बैग से कुछ निकाल रहे थे।

—डोनर्स लिस्ट तैयार कर ली है ?

—जी नहीं !

—नोट कीजिये, मैं बतला दूं दो-चार नाम···।

—जी !

कोच में उठंग गये राजा साहब। दाएँ हाथ की अँगुलियों में सिगार सुलग रहा था। आँखें अर्ध-निमीलित थीं।

—जी ?—ललनजी ने फिर अपनी मुस्तैदी सूचित की।

राजा साहब उसी मुद्रा में कहने लगे :

···मैसर्स भोलाराम तोलाराम।

···मैसर्स क्रान्तिकुमार शान्तिकुमार।

···मैसर्स पंचशील वनस्पति कन्सर्न।

…मैसर्स महाकाली कैलेन्डर वर्क्स ।

…मैसर्स मतवाला एण्ड ब्रदर्स, जनरल मर्चेंट्स ।

…मैसर्स शर्मन एण्ड बर्मन ।

…मैनेजिंग डाइरेक्टर, अरुणा मिल्स कं० लिमिटेड ।

…प्रोप्राइटर, हिमालय आइस फैक्टरी ।

राजा साहब रुक गये और सेठ रामनिरंजन अग्रवाल की तरफ देखा ।

अग्रवाल ने कहा—जी, अब आप रहने दीजिए । आठ-दस मिलों और फर्मों के नाम मैं भी नोट करवा दूंगा । दो-चार, दस-पाँच नाम भूल-भाल भी गये तो फोन की डायरेक्टरी कहाँ भागेगी ?

सेठजी की इस बात पर राजा साहब भभाकर हँस पड़े ।

राजा साहब के मुक्त हास से बाकी चेहरे भी प्रफुल्ल हो उठे ।

—अभी हम लोग लंच के बाद निकलें—सेठजी ने कहा—रात को आठ-नौ बजे तक लौट आयें । शाम को कॉफी-वाफी कहीं और ले लेंगे… क्यों, राजा साहब ?

गोपी बाबू ने बायीं आँख का कोना दबाकर इंगित किया तो राजा साहब को कुछ याद आ गया । बोले—देखिये अग्रवाल जी, रात के तीन घंटे मेरे अपने हुआ करेंगे । आठ से ग्यारह तक । आप लोगों का साथ मैं बल्कि सात बजे तक ही दे सकूंगा । और आज तो गोपी बाबू भी मेरे साथ रहेंगे… ।

थोड़ी देर तक चुप्पी छायी रही ।

रामसागर बाबू ने सिगरेट जला ली ।

रामप्यारे प्रसादजी ने पान की छोटी-डिब्बी निकाली, चार बीड़े मुंह में डाले । चांदी की डिबिया से ज़र्दा निकाला । पीछे, पान की डिब्बी मृगांकजी की तरफ बढ़ा दी ।

अग्रवालजी और ललनजी अपनी सिगरेटें उस तरफ एक ही तीली से जला चुके तो राजा साहब ने भी अधजला सिगार होंठों से भिड़ा

लिया।

गोपी बाबू इन दिनों पाइप से धुआँ टानते थे। वह पाइप साफ करके उसमें तम्बाकू भर रहे थे।

रामसागर बाबू ने सेठजी की ओर देखकर कहा—तीन-चार दिन रहेंगे, पचास हज़ार क्या बड़ी रकम होगी ?

—बड़ी रकम ?—सेठ रामनिरंजन अग्रवाल हँसने लगे—काश, हमारे बाबूजी चीफ मिनिस्टर होते ! फिर आप देखते, एक घण्टा के अन्दर कैसे लाखों की रकम सामने आ जाती !

बीच मे ही राजा साहब ने उछलकर कहा—वाह ! पचास हज़ार क्यों नहीं होंगे ?

—ज़रूर होंगे—गोपी बाबू बोले और पाइप सुलगाने लगे।

—छपाई में कै महीने लग जायेंगे ?—राजा साहब ने मृगांकजी से पूछा।

मृगांकजी ने कहा—चार महीने। लेकिन कागज़ और छपाई का आधा खर्चा प्रेस के हवाले कर देना होगा और हममें से कोई एक यहाँ मुस्तैद रहेगा, तभी होगा छपाई का काम चार महीने में।

—आप रहियेगा ?

—रह लूंगा।

—ललनजी, आप ?

—नहीं, मुझसे नहीं होगा…दस-पाँच रोज़ की बात हो तो कोई 'हाँ' भी कर दे।

—फिर कैसे होगा ?

—होगी कोई-न-कोई व्यवस्था…।

—जानें आप सम्पादक लोग !

मृगांकजी को लगा कि राजा साहब के दिल में फितूर भी समा सकता है, छपाई की व्यवस्था के बारे अनिश्चित ढंग से बातें करना हानिकारक साबित हो सकता है। वह बोले—आवश्यक नहीं है कि

सम्पादक स्वयं ही मशीन पर आकर बैठें। यहाँ ढाई-तीन महीने तक एक सहकारी रख लिया जायेगा। वह अच्छी तरह प्रूफ आदि देखेगा, प्रेस-वालों को उकसाता रहेगा। शीर्षकों का लैटरिंग करवायेगा, ब्लॉक बनवायेगा। महीने में डेढ़-दो सौ लेगा अपना।

राजा साहब के दाहिने पैर का अँगूठा लगातार हिल रहा था मानो सारी बातें उन्हें मालूम हों, तफसील में।

गोपी बाबू ने घड़ी देखी, दो बज रहे थे।

लंच के बाद चारों को चंदा बटोरने के लिए निकलना था।

राजा साहब और गोपी बाबू उठकर अन्दरवाले कमरों में गये। सेठजी ने रामसागर राय के कानों में कहा—कोई बात नहीं, आप और मृगांकजी और ललनजी और रामप्यारे बाबू और मैं तो चार दिन-चार रात साथ रह सकते हैं न? राजा साहब को हम उनकी अपनी मर्ज़ी पर ही छोड़ दें, गोपी बाबू की भी जो मर्ज़ी आये करें···चिन्ता की कोई बात नहीं, रामसागर बाबू! कलकत्ता से हम उतना लेकर ही वापस जायेंगे, जितना तय हुआ था···।

खुशी में फूलकर रामसागर बाबू ने अग्रवाल का हाथ दबा दिया।

आधा घंटा बाद बड़ी टैक्सी में सातों जने साथ निकले।

अगले दिन सवेरे फिर वे जुटे, होटल में। रामप्यारे बाबू नहीं आ सके।

कल बाईस हज़ार वसूल हुए, पाँच चैक मिले थे।

ये राजा साहब और गोपी बाबू के परिचय का सुफल थे।

साथ-साथ लेकिन सातों घूमे थे।

अगले दिन सवेरे फिर वे जुटे, होटल में।

आज राजा साहब की तबीयत सुस्त थी। रामप्यारे बाबू रात को ही

कलकत्ता छोड़ चुके थे।

कल अठाईस हज़ार वसूल हुए। सात चैक। दो हज़ार नकद।

ये सेठ निरंजन अग्रवाल और बाबू रामसागर राय, एम० पी० की मेहनत का नतीजा था।

साथ-साथ लेकिन सातों घूमे थे।

अगले दिन सवेरे फिर जुटे, होटल में।

आज भी राजा साहब की तबीयत सुस्त थी। गोपी बाबू रात किसी रिश्तेदार के घर रह गये। सो, अब तक लौटे नहीं थे।

कल ग्यारह हज़ार सात सौ वसूल हुए। चार चैक। सात सौ नकद।

यह चीनी और जूट की उन मिलों का प्रसाद था जिनके सदर-आफिस कलकत्ता में थे।

साथ-साथ लेकिन रामसागर बाबू और सेठ निरंजन ही घूमे थे। अपने प्रदेश का एक छात्र अलबत्ता थोड़ी देर तक साथ रहा था, शासकीय स्कालरशिप की उसकी अवधि दो महीने बाद ही खत्म होने को थी।

और आज का दिन कलकत्ता में उनका अन्तिम दिन था।

उनका यानी अर्थ-संग्रह उप-समिति के सदस्यों का।

और आज उनके चेहरे खुशी से दमक रहे थे। इकसठ हज़ार सात सौ रुपये !

और तिरपन हज़ार चार सौ रुपये उप-समिति अभी पाँच-सात रोज़ पहले अपने प्रदेश के खनिज-अंचल से वसूल कर लायी थी !

और सैंतालीस सौ तेंतीस रुपये पहले आये थे।

और अब तक वसूल की गयी रकम कितनी होती थी ?

एक लाख, उन्नीस हजार, आठ सौ तेंतीस रुपये !

आज निश्चय ही गोपी बाबू कालीघाट जाकर जगदम्बा भवानी को फूल-माला चढ़ा आयेंगे। वह नहीं मानेंगे, राजा साहब को भी साथ ले

जायेंगे।

ग्रौर रामसागर बाबू ग्राज क्या करेंगे ? वह मृगांकजी ग्रौर ललनजी को साथ लेकर मिनर्वा, विश्वरूपा या रंगमहल में बैठकर एक-न-एक बंगला नाटक ग्रवश्य देखेंगे।

ग्रौर रामनिरंजन ग्रग्रवाल ग्राज का ग्रधिकांश समय ससुराल में गुजरेंगे, यादवपुर की उस ग्रालीशान कोठी में।

कॉफी ले चुकने के बाद ग्राखिर में यह तय हुग्रा कि रामसागर बाबू दो रोज़ ग्रभी ग्रौर रुक जायेंगे। काग़ज़ लेकर प्रेस के हवाले कर देंगे, छपाई के मद में हज़ार-डेढ़ हज़ार प्रेसवालों को थमायेंगे, किसी तेज़-तर्रार युवक साहित्यिक को दो-ढाई महीने के लिए रख लेंगे। मृगांकजी ग्रौर रामसागर बाबू साथ लौटेंगे। ललनजी ग्राज ही रवाना होंगे राजा साहब ग्रादि के साथ।

ये लोग चलने लगे तो राजा साहब बेडरूम से बाहर निकल ग्राये। बस, गौर से उन्होंने एक मृगांकजी को देखा। मुस्कराकर बोले—जनाब, ग्रब ग्रापकी बारी है ! तुरत-फुरत ग्रन्थ निकलवाइये ग्रौर वह ठाठ का निकलवाइये कि दिल्लीवालों की भी लार टपक पड़े! समझे, मृगांकजी !

कवि की निगाहें नम्रता के मारे फर्श पर बिछ रही थीं।

राजा साहब ने कवि के कन्धे पर हाथ रख दिया—ग्राप तो हमारे सूबे की शान हैं, मृगांकजी !

तीन महीने के ग्रन्दर दो उपनिर्वाचन ग्रा पड़े।

इसीसे समिति की ग्रगली बैठक एक सौ ग्यारह रोज़ बाद ही बुलायी जा सकी।

यह ग्रति बिलम्ब मृगांकजी को रत्ती-भर भी नहीं ग्रखरा। छपाई के सिलसिले में कई बार उन्हें कलकत्ता जाकर रहना पड़ा। ग्रब आखिरी हिस्सा छप रहा था—जीवनी-खंड।

श्रावण शुक्ल दशमी अभी दो महीने आगे थी।

यह बैठक देवीजी के निवासस्थान पर बुलायी गयी थी।

आठ ही सदस्य आ सके थे—

मृगांकजी, ललनजी, बुझावनराम, झा जी, पाठकजी, ब्रजबिहारी घोष, महन्तजी और देवीजी।

अध्यक्षता के लिए महन्तजी का नाम लिया गया तो सभी ने प्रस्ताव का अनुमोदन किया।

समारोह की अध्यक्षता के लिए केन्द्रीय सरकार के मंत्री माननीय घासीरामजी की स्वीकृति कब की आ चुकी थी। अब एक और उप-समिति का गठन आवश्यक हो गया, प्रचार उप-समिति का। ललनजी ने 'कार्यक्रम' वाले रजिस्टर में लिखकर इस उप-समिति का गठन विधि-पूर्वक सम्पन्न घोषित किया।

प्रचार उप-समिति में लिये गये :

१. श्रीमती मंजुमुखी देवी, एम० एल० सी०
२. बाबू ब्रजबिहारी घोष, एम० एल० ए०
३. बाबू देवनन्दन (ललनजी)
४. बाबू धर्मराज सिंह, और
५. बाबू रामप्यारे प्रसादजी।

इस उप-समिति के संयोजक बनाये गये : ललनजी।

सेठ पूनमचन्द झंझानिया को वैकल्पिक सदस्यता प्रदान की गयी।

समिति के आज के सभी उपस्थित सदस्यों ने इस बात पर ज़ोर दिया कि थैली के तौर पर दी जानेवाली इकहत्तर हज़ार की रकम अलग से जुटायी जाये, समिति अपनी निधि में से 'थैली' के लिए एक भी पाई नहीं देगी।

अभी तक अभिनन्दन-ग्रन्थ तैयार नहीं हुआ, इस पर समिति ने लिखित रूप में खेद प्रकट किया और मृगांकजी की कड़ी आलोचना की, उनकी एतद्विषयक ढिलाई के लिए। साथ ही, समिति ने मृगांकजी को

आदेश दिया कि आगामी आषाढ़ी पूर्णिमा तक अभिनन्दन-ग्रन्थ की सौ प्रतियाँ अवश्य तैयार करवा लें।

...पिछले आठ महानों से मृगांकजी ने सम्पादन के सिलसिले में चौंसठ सौ रुपये लिए हैं: पांच सौ रुपये प्रतिमाह अपने लिए और तीन सौ रुपये प्रतिमाह दो सहकारियों के लिए। समिति को विस्मय होता है कि प्रोसिडिंग्स में कहीं इस बात का उल्लेख नहीं है।

...समारोह के अवसर पर नगर की जनता के मनोरंजन के लिए कविता-पाठ के अलावा सुगम संगीत, सितार-वादन और नाच आदि के लिए हज़ार रुपये तक खर्च किये जायें।

...कुछ विक्षुब्ध तत्त्व समारोह के समय गड़बड़ी मचाना चाहेंगे, समिति के सचिव अभी से पुलिस-सुपरिन्टेन्डेंट को सावधान कर दें।

अन्त में अध्यक्ष महोदय को धन्यवाद दिया गया।

देवीजी ने समोसे, रसगुल्ले और चाय की व्यवस्था कर रखी थी।

समारोह के तीन दिन पहले :

गोपी बाबू की कोठी में दस सदस्यों की जुटान।

गोल टेबुल पर अभिनन्दन-ग्रन्थ।

राजा साहब ने आते ही उठा लिया—ओफ्फो-ह! कमाल है साहब, कमाल!

—अब ठोकिये इनकी पीठ! —गोपी बाबू ने कहा और मृगांकजी के कन्धे पर हाथ रख दिया।

मृगांकजी ने राजा साहब की ओर देखकर कहा—भुर्ता हो गये हम तो, हज़ूर!

—तभी तो अमृत टपक रहा है! —राजा साहब ग्रन्थ की जिल्द के रेशमी स्पर्श का मजा ले रहे थे। फिर बोले—मगर ज़ालिम ने हमारी समिति को लूट लिया!

—राजा साहब, यह तो देखिये कि माल कैसा तैयार हुआ है! मोनो की छपाई है सरकार, झकाझक !

—हाँ, सो तो है···।

(पृष्ठ-संख्या ४१४ : रॉयल अठपेजी साइज़ : इंग्लिश-मेड आर्ट पेपर : ब्लॉक—तिरंगी छपाई वाले, ८; एक रंग की छपाई वाले, ७७ : मूल्य : २५ रुपये···।

(बार रे ! कौन खरीदेगा ?

(उपहार दिया जायेगा !

(कॉलिजों और संस्थाओं के पुस्तकालय ?

(हाँ, सो हो सकता है···।)

अभिनन्दन ग्रन्थ की सभी ने सराहना की।

रजिस्टर में इस पर लिखित रूप में प्रसन्नता व्यक्त की गयी।

थैली की रकम के लिए सेठ रामनिरंजन अग्रवाल, बाबू धर्मराज सिंह और सेठ पुनमचन्द झंझानिया पर उत्तरदायित्व सौंपा गया।

हॉल की सजावट का भार देवीजी ने अपने ऊपर लिया।

अभ्यागतों की मेहमानदारी के लिए पाठकजी और झा जी ने अपनी सेवाएँ अर्पित कीं।

सांस्कृतिक कार्यक्रम के लिए मृगांकजी और रामप्यारे प्रसादजी पर दायित्व सौंपा गया।

निमंत्रण-पत्र की कलापूर्ण छपाई के लिए ललनजी ने मृगांकजी की ओर देखा तो वह मुस्काये।

अन्त में आज कॉफी नहीं, चाय मिली।

पिछला दिन : पिछली रात

महन्तजी की जटाएँ बढ़ती गयीं, और बढ़ती गयीं। वे झूलों की तरह लटकती दिखायी पड़ीं। बुझावनराम को लगा कि सारा आसमान महन्त-जी की उन पीली सुनहली जटाओं से भर गया है···जटा की एक मोटी लट बुझावनराम की गर्दन को अपनी लपेट में लेकर गाँठ-सी कस गयी और हरिजन विधायक का दम घुटने लगा, बेचारे की घिग्घी बँध गयी !

—खाने में बदपरहेज़ी की थी, इसी से बुरे सपने देख रहे थे।

पलंग के पास सिरहाने की तरफ छोटी तिपाई पर अलार्म वाली घड़ी थी। दो बजकर पैंतीस मिनट हुए थे। पास ही उसी बिस्तरे पर पत्नी थी, बीच में छोटी बच्ची भी थी।

—क्यों फाँसी दे रहे हैं मुझे ? आपका तो, महन्तजी, मैंने कभी कुछ नहीं बिगाड़ा ! दम घुट रहा है मेरा तो ! महन्तजी···!

घिग्घी-बँधे स्वरों में इस प्रकार बुझावनरामजी कई बार बड़बड़ाये तो श्रीमतीजी की आँखें खुलीं। उठकर उसने पति के कन्धे को झकझोरा —लल्लू के पिताजी, यह तुम क्या अर्र-बर्र बोल रहे तो हो तब से? अजी, देखो भी तो! यह तो मैं हूँ तुम्हारे पास! उठकर बैठो, लल्लू के बाबूजी! पानी पियोगे?

बुझावनराम ने करवट बदल ली और बोले—मैं तो गाढ़ी नींद में सो रहा था, नाहक ही तुमने नींद तोड़ दी है!

पत्नी को हँसी आ गयी। मसहरी के नीचे लटकते पैरों को ऊपर उठाती हुई बोली—बड़ी देर से तुम अर्र-बर्र बोल रहे थे, क्या किया था कल?

दो हथेलियों के स्पर्श-सुख में विभोर होकर पति ने कहा—क्या किया था? कुछ नहीं किया था! कई बार आमलेट लेना पड़ा कल, दस-बारह अंडे अन्दर गये होंगे!

—तो उसी गर्मी में बक रहे थे न?

—हो सकता है।

—अभी तो आधी रात है।

—सो जाओ···।

पत्नी को कुछ ही क्षण बार नींद आ गयी, मगर बुझावनराम को नींद नहीं आयी।

—कल बाबूजी का अभिनन्दन है।

—हाँ, बड़ी जातवालों का इधर यह एक नया तमाशा शुरू हुआ है।

—हाँ, अपनी पूजा का सिलसिला आप ही जमा लेते हैं। क्या बुरा है? बाबा साहब अम्बेडकर इनकी रग-रग को जानते थे। हरिजनों की सेवा के नाम पर ऊँची जाति के धूर्त लोग सरकार को ठग रहे हैं, करोड़ों की रकम खा-पका गये हैं···।

—और अपने यह बाबूजी ही क्या कम हैं! भारी बिशुन-विलाड़ हैं बाबूजी! जनजातियों के नाम पर जाने कितने सेवा-मण्डल चालू

करवा रखे हैं, कितने छात्रावास, कितने आश्रम स्थापित करवा रखे हैं अ-सवर्णों और परिगणितों के नाम, मगर उनमें पलता है कौन ?

—बाबूजी के आदमी एक ओर तो संत विनोबा के चरणों में भूमि का दानपत्र अर्पित करते हैं और दूसरी ओर हरिजन खेत-मज़दूरों की झोपड़ियाँ हाथियों से उजड़वाते हैं…।

बुझावनराम को लगा कि बड़े दाँतोंवाला एक भीमकाय हाथी उसकी ही ओर आ रहा है। वह पलंग को सूँड में लपेटकर ऊपर उठा लेगा और नीचे पटक देगा…अगले ही क्षण तीनों प्राणी मांस का लोंदा बन जायेंगे…!

जागते हुए का यह स्वगत चिन्तन तो दुःस्वप्न से भी बुरा था।

बुझावनराम को झटका-सा लगा। वह उठ बैठा। सामने खूँटी में टोपी टँगी थी, ऊपर गांधी और राष्ट्रपति के चित्र टँगे थे। लेकिन उन चित्रों में निगाहें नहीं अटक सकीं, वे ख्यालों के अन्दर वापस लौट आयीं…।

पाँच-सात रोज़ पहले देहात से दो चमार-भाई आये थे जिनकी पिटाई हुई थी। बुझावनराम ने थानेदार और अंचलाधिकारी (बी० डी० ओ०)के नाम सिफारिशी चिट्ठियाँ दीं, मगर अपराधी बेदाग़ छूट गये।

इस वक्त दिमाग में बार-बार वे ही उदास चेहरे आ रहे थे। बुझावनराम ने मन-ही-मन अपने आप से पूछा—मैं विधान सभा में आखिर किसका प्रतिनिधित्व कर रहा हूँ? उन भूमिहीन अछूतों के हित में तो मैं आज तक अपना मुँह नहीं खोल सका हूँ। ऊंची जातवालों की 'हाँ' में 'हाँ' मिलाना ही मेरा खास काम रहा है। दल-विशेष ने मुझे खरीद लिया है, शोषक वर्गों की जी-हुज़ूरी और उनका ही हित-साधन मेरे इस जीवन का परम उद्देश्य है…जब तक मेरे जैसे नकली प्रतिनिधि बाबू लोगों के पीछे दुम हिलाते रहेंगे तब तक गरीब अछूतों की दुर्दशा में नाम-मात्र भी सुधार नहीं होगा !

—मेरा लड़का कॉलिज में पढ़ता है। उसे सौ रुपये मासिक छात्र-वृत्ति मिलती है। लड़की दस वर्ष की है और ठीक से नहीं पढ़ती है, फिर

भी पचोस रुपये महीने में पाती है। छोटी बच्ची डेढ़ साल की है, दो वर्ष बाद उसके नाम पर भी दस रुपये मिलने लगेंगे। यह सब बाबूजी की मेहरबानी है। भगवान करें, कल बाबूजी मुख्यमंत्री हो जायें। फिर देहात में खपरैल की जरूरत नहीं रह जायेगी, छत पटेगी फिर तो! अगले साल कहीं अपना इलाका अकालग्रस्त हो गया तो? अकाल-पीड़ित जनता के लिए गेहूँ और मक्का की हज़ारों बोरियाँ देहात की ओर रवाना होंगी···!

—अनाज की बोरियों से लदी गाड़ियों को अँधेरे में डाकू लूट लेंगे···!

—लदी हुई नावें डूब जायेंगी···!

(ऑफिसरों और नेताओं और व्यापारियों की फुसफुसाहट; गिनते समय नोटों की सरसराहट; चाय की प्यालियों की खनखनाहट; सिगरेट का धुआँ; ज़र्दा और किवाम के साथ चबाये हुए पान की सुर्ख-चमकीली पीक; एक चोर और चालीस अली बाबा···!

(सौ-सौ के दो नोट: खादी की बंडी का भीतरी थैला; ऊँची जात का विधायक न होने की टीस और मुँदी हुई पलकों का सपाट खुल जाना···।

(बाबूजी मुस्कराते हैं और गम्भीर हो जाते हैं और आँखें बड़ी-बड़ी करके बुझावनराम की ओर देखते हैं···।

(आपूर्ति विभाग दुबारा कुछ दे तो देगा मगर अनाज की पिछली बर्बादी का पक्का सबूत चाहेगा न?

(हजूर, आप सबूत की बात करते हैं! घायल गाड़ीवान और डूबी नावें हम दिखा सकते हैं। सेक्रेटेरियट का कोई अफसर साथ चले और तहकीकात कर ले···।

(बाबूजी मुस्कराकर सिर हिलाते रहते हैं यानी हजार मन अनाज अकाल-पीड़ितों के लिए अब और मिलेगा···!)

—कल बाबूजी का अभिनन्दन है।

—बाबूजी का नहीं, सादगी और नम्रता का अभिनन्दन है।

—अगले चुनाव में उम्मीदवार होने के लिए और सफलता हासिल करने के लिए बाबूजी का कृपाकटाक्ष आवश्यक है।

—रानजीति बड़े लोगों की रखैल होती है, हमारे जैसे के लिए मामूली जीविका ही सब-कुछ है। पहले आप, फिर बाप। लड़का दो वर्ष बाद कॉलिज से निकलते ही अफसर बन जायेगा, तब मैं जीवनदानी होकर विनोबाजी के दल में शामिल हो जाऊँगा।

—लघु सिंचाई योजना, कृषि-विकास योजना, समाज कल्याण, निरक्षरता-निवारण, ग्रामोद्योग, बाँस-बेंत-शिल्प···अपने अंचल में मेरे प्रयास से जन-हित के बहुत-सारे काम हुए हैं···।

(और निज-हित के भी?

(हाँ, निज-हित के भी!)

—अन्दर का यह मनसाराम भी कैसा पाजी है! आप ही अपनी नुक्ताचीनी करता है···!

(पिछले चुनाव में वोट खरीदने के लिए जो रकम बाबूजी ने तुम्हें दिलवा दी थी उसमें से दो-तिहाई खुद ही खा गये थे न?

(और कुएँ कितने खुदवाये हैं तुमने? पाँच? बीस हज़ार रुपये वसूल किये थे कुओं के लिए? छि:!

(एक कुएँ में गाय की हड्डियों का ढाँचा निकल आया, उसे पाट दिया!

(दूसरे में मनुष्य की हड्डियों का ढाँचा निकल आया, उसे पाट दिया!

(तीसरा बाढ़-क्षेत्र में था, उसमें पाँक भर दिया।

(चौथा पंचायत-भवन के सामने मौजूद है।

(पाँचवाँ कुआँ चालू सड़क के किनारे है और जनता उससे लाभ उठा रही है···?

(नहीं, नहीं, चालू सड़क के किनारे वह कुआँ तो पहले भी था; लम्बी घास और कँटीले झाड़ों से ढका पड़ा था। तुमने दो-ढाई सौ रुपये लगवा

कर इसका जीर्णोद्धार कर दिया और एक सर्वोदयी नेता के हाथों उद्घाटन हो जाने के बाद अब वहाँ एक नयी तख्ती पर 'सत्यमेव जयते' के साथ-साथ 'बापू-स्मारक कूप, ३० जनवरी, १९६०' भी चमक रहा है। लोग समझते हैं कि कुआँ बिलकुल नया है···।

स्वगत अनुचिन्तन देर तक चलता रहा। बुझावनराम को कब झपकी आ गयी, कब वह नाक बजाने लगे, उनको खुद भी पता नहीं चला।

बाबू ब्रजबिहारी घोष बड़े सौभाग्यशाली थे। वह भारतीय भी थे और नेपाली भी थे। सहर्सा ज़िले का उत्तरी सीमान्त आपका लीला-निकेतन था। पूर्वज तराई इलाके के सुखी खेतिहर थे। खेती के साथ-साथ पशु-पालन भी खानदानी धंधा था। परिवार के बूढ़ों-बुजुर्गों में विद्या के प्रति ज़रा भी दिलचस्पी नहीं थी। उनका कहना था—पढ़-लिखकर लड़के उड़ाँत हो जाते हैं, घर-बार की ओर से उन्हें वैराग्य हो जाता है और वे माँ-बाप का मखौल उड़ाने लगते हैं। ब्रजबिहारी बाबू मैट्रिक के बाद बनारस जाकर पढ़ने लगे थे, वहीं से बी० ए० किया था। राजनीति में वह मंडलजी के कहने पर आये थे। कभी-न-कभी मन्त्री-उपमन्त्री होना ही है।

—बाबूजी अगर मुख्यमंत्री हो जायें तो अपनी केबिनेट में मुझे वह अवश्य ले लेंगे मगर इसमें अभी काफी विलम्ब है।

—कोशी-क्षेत्र में राजपूत बहुत कम हैं और ब्राह्मणों-भूमिहारों को नाराज़ हम कर नहीं सकते!

—क्या जल्दी है! अपने को रकम की भूख तो है नहीं, विधाता ने जिन लोगों को बड़ा-बड़ा पेट दिया है अभी वही अपनी भूख मिटायें। हम दस-बीस नौजवानों को काम दिलवा दें, बस इतना ही काफी रहेगा।

—मंडलजी ठीक ही कहते थे: लाभ का मौका सामने हो तो ब्राह्मणों को राजनीति-फाजनीति सब भूल जाती है! उनका तो

बस नारा ही है : 'चरैवेति-चरैवेति', यानी 'खूब चरो-खूब चरो !' और उन्हें पत्तों से ही सन्तोष नहीं होता, डण्ठल और छाल तक चबा डालते हैं।

(और तुम क्या हवा पीकर रहते हो ?

(नहीं, हवा पीकर क्यों रहूँगा ! मैं उस जाति का हूँ, श्रम जिसका मूल मन्त्र रहा। हमारे घरवाले भरपूर मेहनत करते हैं और हुमचकर खाते भी हैं। झूठ-मूठ किसी की हाँ में हाँ मिलाना हमारे इतिहास ने हमें कभी नहीं सिखलाया। यह दूसरी बात है कि व्यक्तिगत महत्त्वाकांक्षा मुझे बाबूजी का अनुयायी बनाये हुए है।)

—लोग मुझे बछेड़ा कहते हैं और मैं हँस देता हूँ। ठीक तो है। अभी अठाईस वर्ष का हूँ न ! मगर मैं बूढ़ों की रग-रग पहचानता हूँ। उम्र से क्या आता-जाता है ! हमारे रेड्डी साहब भी तो बयालीस-तेंतालीस साल के हैं। लेकिन उनकी कूटनीतिज्ञता का लोहा आज कौन नहीं मानता है ?

(तो क्या तुम अपने को रेड्डी मानते हो ?

(नहीं तो ! मैंने यों ही एक बात कह दी···बुझावनराम नहीं हूँ मैं कि हर बात में माथा हिलाता रहूँगा !)

× × × हवाई जहाज़ की आवाज़ तीव्रतर होती गयी।

ब्रजबिहारी को एक अप्रिय घटना याद आ रही है :

घर की पाँच-सात औरतें हरिहर-क्षेत्र का मेला देखकर आयी हैं और एम० एल० ए० क्वार्टर में ठहर गयी हैं। पाँच-पाँच का भाड़ा देकर दस मिनट की विमान-यात्रा का अज्ञात कौतूहल नशा बनकर उनके दिमाग पर हावी है। अगले रोज़ महिलाओं की इच्छा पूरी तो हुई, लेकिन देवियों ने इतना अधिक वमन (कै) किया कि हवाई यात्रा की उस प्राइवेट कम्पनी ने विधायकजी के नाम पचास रुपये का हर्जाना ठोंक दिया, चौबीस घंटे के अन्दर रकम वसूल कर ली !

इज़्ज़त बढ़ेगी तो मामला अखबारों तक पहुँचेगा और तब अपनी

बेइज़्ज़ती होगी, इसी से ब्रजबिहारी बाबू ने चुपचाप हर्जाने की रक़म जमा कर दी थी। × × ×

—बाबूजी ने कहा है, दिल्ली रहो! अभी जवान हो, दुनिया-जहान देखो! छोटी लाइन की गाड़ियों में सफर करते-करते तबीयत नहीं ऊबती है?

—ऊबती है तबीयत, बाबूजी! लेकिन···!

—लेकिन-फेकिन नहीं, ब्रजबिहारी, तुम दिल्ली रहो! अगर तुमने नेहरू को खुश कर दिया तो खट् से डिप्टी-मिनिस्टर हो जाओगे, बेटा! समझे?

और इतनी दूर तक आकर यादव का अनुचिन्तन मादक परिकल्पना में बदलने लगा और बेचारे की पलकें झिप गयीं।

बमशंकर झा का दिमाग इस वक्त भावी दामाद के पीछे दौड़ रहा था।

पिछले महीने जिस लड़के को देखने गये थे उसका पिता बहुत बड़ा इंजीनियर है। राजधानी में उन लोगों का अपना अलग मकान तैयार हो गया है···लड़के के मामा ने कहलवाया है—बीस हज़ार नकद लगेंगे, तभी यह काम होगा!

भाई साहब दो वर्षों से मुखिया हैं। तीन पोखरों का और चार बाँधों का जीर्णोद्धार करवा चुके हैं। दो बार अकाल-ग्रस्त घोषित होने से इलाके में सरकार ने बहुत ज्यादा अनाज भेज दिया। पड़ोस की मंडी का सेठ झुनझुनवाला पथ-प्रदर्शक बनकर आगे-आगे रहा और झा जी के परिवार की सूरत ही बदल गयी, इतनी अधिक मात्रा में आज़ादी का शहद चखने को मिला कि बस! चारों छोटे बच्चे कॉन्वेन्टों में दाखिल होने के लिए सदर-टाउन भेज दिये गये। सिल्क और नायलन की साड़ियों से ट्रंकों की अन्तरात्मा धन्य-धन्य हो उठी।

बाबूजी ने नदी की कछार में चार सौ बीघा ज़मीन सौ वर्ष के लिए पट्टे पर दिला दी थी। उन दिनों राजा साहब ज़मींदारी-उन्मूलन के आतंक से अपनी ज़मीनें कौड़ियों के भाव लुटा रहे थे। झा जी ने उस अवसर से लाभ उठाया। बाबूजी की सेवा की थी जेल-यात्रा में, वही सेवा वक्त पर फली। धरती का कलेजा फाड़कर मोती उगाने के लिए दो मशीनी वराह-अवतार (ट्रैक्टर) आ गये और धान-मूंग-मक्का जैसी फसलों का अम्बार लग गया...।

—इंजीनियर साहब के नाम बाबूजी से चिट्ठी लिखवा लूं ?

—छी: ! छोटी-छोटी बात के लिए मिनिस्टर साहब को परेशान करोगे ?

—छोटी बात ! लड़की की शादी को तुम छोटी बात कहते हो ?

—होगी यह छोटी बात दूसरी दुनिया के लिए, यहाँ हिन्दुओं की दुनिया में तो लड़की की शादी से बढ़कर और कोई बखेड़ा ही नहीं !

—तो साहब, बाबूजी से कल ही चिट्ठी ले लूं !

—कल नहीं, परसों।

—देवीजी ने तो पहले ही कहा था।

—और तुम नाहक ही अब तक संकोच में पड़े रहे !

—बाबूजी तो खुद ही कहते हैं कि बात अपने-आप में छोटी या बड़ी नहीं हुआ करती, यह संदर्भ होता है जो उसे छोटी या बड़ी बना देता है...।

—देवीजी इन मामलों में ज़्यादा व्यावहारिक हैं।

—देवीजी भला किस मामले में कम व्यावहारिक हैं ?

××× झा जी को लगा की सामने बड़ा-सा आईना है और वह खूब खुलकर मुस्करा रहे हैं और देवीजी आकर झा जी की पीठ के पीछे खड़ी हो जाती हैं...।

××× झा जी को लगा कि कंधे से किसी की साँस टकरा रही है और वह गुनगुना उठे हैं—

दारुण भेल विषमशर रे !

×××झा जी को लगा की रंग-बिरंगी मालाओं से सजे हुए मंच पर एक मध्यवयसी महिला व्याख्यान देने आयी है। वह रुक-रुककर बोलती है और बीच-बीच में पीछे मुड़कर झा जी की ओर प्रोत्साहन का इंगित पाने के लिए देख लेती है। वह फैली आँखों की थिरकती पलकों को झपका-झपकाकर उसका उत्साह बढ़ा रहे हैं और महिला का व्याख्यान जमने लगा है···।

(आप तो कागज़ ही भूल आयीं, मैंने तो भाषण के बहुत-सारे पाइन्ट्स नोट करवा दिये थे !

(हाँ झा जी, भूल ही आयी हूँ······माधवी के कॉलिज में वार्षिकोत्सव चल रहा है न ! और अपने मृगांकजी भी आ गये थे न ! जीप वक्त से पहले पहुँच गयी थी। हड़बड़ी में ध्यान ही नहीं रहा ···।

(हूँ ! लीडरी के धन्धे में इस तरह की ग़फलत से काम नहीं चलेगा, देवीजी ! ···)

खंडिता नायिका की शंख-सुडौल गर्दन को झुकी देखक धीर-उदात्त नायक के अवचेतन में अनुकम्पा का भाव आ गया और फिर दोनों चेहरों की चारों आँखें बाल-सुलभ शरारत में तैरती-सी कौंध पड़ीं कि उस सरकारी कार के हार्न का आकुल स्वर सुनायी पड़ने लगा जिसमें बाबूजी चलते थे !

(बाबूजी···बाबूजी···बाबूजी···!

(जल्दी करो। अरे झा जी, जल्दी करो। बाबूजी क्या कहेंगे···!

(अजी नहीं, बाबूजी नहीं है। वह तो आप के लिए आयी है कार !

(झूठे !

(नहीं, मैं बिलकुल ठीक कहता हूँ, देवीजी ! आप चाहे बालकनी से झाँककर देख लीजिये···और हम दोनों इस वक्त वैसा कोई काम भी तो नहीं कर रहे हैं, बस, कॉफी पी रहे हैं और करीब-करीब बैठे हुए हैं···।

(बाबूजी होते तो ड्राइवर उजड्ड की तरह हार्न बजाता···?)

झा जी—देवीजी—बाबूजी और बाबूजी—देवीजी—झा जी···यह अवचेतन और अतिचेतन की परिधियों को झंकृत करने वाले इन्द्रधनुषी खेल खत्म हुए कि बाबू बमशंकर झा जी को नींद आ गयी।

रात के एक बजे, इस समय, झा जी सोनपुर जंकशन के प्रतीक्षागृह में प्रथम श्रेणी की आरामकुर्सी पर लेटे पड़े थे और स्वप्नलोक में झूला झूल रहे थे।

बाबू रामप्यारे प्रसाद ठीक उन्हीं क्षणों में राजधानी की ओर आ रही पंजाब मेल के प्रथम श्रेले वाली 'कूपे' के अन्दर सोये हुए थे। हथिदह-मोकामा के दरम्यान ज़ोरों का झटका खाकर नींद टूट गयी थी और अब पलकें-भर मूँदे हुए थे।

सादी सिल्क का आकर्षक परिधान और खिचड़ी बाल। गंदुमी सूरत। गोलमटोल चेहरा कमलपत्री आँखों के कारण और भी भव्य लग रहा था। गोमतीबाई दिमाग पर हावी थी और बाबू रामप्यारे प्रसाद को सपनों का अधूरापन भी खल नहीं रहा था।

—विधान परिषद् में इस दफा बाबूजी मुझे अवश्य ले लेंगे।

—गोमतीबाई चालीस-पचास हज़ार का एक फ्लैट बनवा ही देंगी। राजधानी के निकट ही सम्भ्रान्त नागरिकों की नयी बस्ती में आधुनिक सुविधाओं से सुसज्जित नया मकान होगा। फोन, एयर-कूलर, रेफ्रिजिरेटर, रेडियोग्राम, टेप-रिकार्डर तो रहेंगे ही। कार भी रहेगी। बाघ तो नहीं, बाघ का सहोदर अपना द्वारपाल होगा—अलसेशियन कितना वफ़ादार होता है!

—डॉग इज़ डैन्जरस!

—एक नहीं, चार-चार लिपियों में लिखा रहेगा: 'डॉग इज़ डैन्जरस!'

(कोई डिस्टर्ब नहीं करेगा…किले के अन्दर तुम मस्ती में पड़े रहो! कलकत्ता में बड़े-बड़े आफिसर ऐसा ही करते हैं, ह्विस्की या जिन के दो पैग ढालकर अपने दिव्य धाम के अन्दर निर्विघ्न पड़े रहते हैं। बाहर गेट से तख्ती लटक रही होती है : डॉग इज़ डैन्जरस ! बी कॉशस !'

(युवक अलसेशियन की तिहरी गुर्राहट !

(बाबू रामप्यारे प्रसाद उठ बैठते हैं…।

(सुराही से पानी लेकर पीते हैं…।

(लगा कि महिला-कंठ की चुमकार सुनकर कुत्ता आश्वस्त हो गया है।

(लगा कि जिसको सुनकर बाघ का सहोदर सहज-शान्त हो गया है, वह आवाज़ गोमतीबाई की थी।

(मगर गोमतीबाई यहाँ इस वक्त कैसे आयेगी ?

(लगा कि अपना ही माथा खराब हो गया है।)

बाबू रामप्यारे प्रसादजी अपने को प्रकृतिस्थ करने के लिए सिगरेट जलाते हैं, अब्दुल्ला सिगरेट ! इसकी तम्बाकू से अफीम का सौरभ आता है…!

कल बाबूजी का अभिनन्दन है।

सवेरे आठ ही बजे समारोह-समिति की बैठक होगी।

शाम को किस लिबास में फंक्शन अटेण्ड करेंगे ?

चूड़ीदार सफेद चुस्त पायजामा और असमिया सिल्क की शेरवानी नहीं ठीक रहेगी ?

हवाई-अड्डे पर माननीय घासीराम की अगवानी के समय भी क्या वही लिबास उपयुक्त जंचेगा ?

नहीं, हवाई-अड्डे पर बन्द गले का कोट और पैंट अच्छे जँचेंगे। वहाँ सेक्रेटेरियट के बड़े साहबों की भीड़ में चुस्त पायजामा विश्व-मानव की

गरिमा में दरार डाल सकता है···!

तत्पश्चात् बाबू रामप्यारे प्रसाद के दिमाग को एक और मादक अनुचिन्तन भिगोने लगा और पलकें झिप गयीं।

मंजुमुखी काफी देर से लौटीं, बारह तो बज ही गये रात के।

घर के सभी लोग सो चुके थे। कुतिया आहिस्ता से गुर्रायी और मालकिन की आहट पहचानकर चुप हो गयी। बहादुर ने आकर दरवाज़ा खोल दिया। कोठी से फोन करके खाने के लिए मना कर दिया था।

दिन में बारिश हुई थी। गर्मी तो नहीं, उमस ज़रूर थी। पंखे दोनों चल रहे थे। बाहर बरामदे में बहादुर सोता था।

भीतर वाली कोठरी में स्विच ऑन करके कपड़े बदलने लगीं तो सामने अपनी ही निगाहों से मुकाबला हुआ···यह आईना था तो पुराना, लेकिन बहुत बढ़िया था। नीलाम का माल था तो क्या हुआ, राजवंशी महिलाओं का लाड़ला रह चुका था।

—आज रात कुछ देर तक सो लूं तो कल आँखों के कोये खिले रहेंगे।

—वक्त कहाँ मिलेगा! कपूर की माला तैयार करनी है न?

—कल माधवी तैयार कर लेगी···।

—नहीं, माधवी का तो कॉलिज है कल···।

—नीलिमा और अंजलि से तैयार करवा लूंगी···।

—और फूलों से भी मालाएँ तैयार करवानी हैं···।

—मालियों से क्या एक भी काम नहीं लोगो?

हँसी आ गयी तो शीशे में होंठों की शरारत देखने लगीं और अपने आप ही खुशी के मारे दुहरी हो उठीं।

(बाबूजी तुम्हारी इसी अदा पर तो मरते हैं!

(हाँ, कुर्बान हैं बाबूजी तुम पर!

(इस तरह पेटीकोट और ब्रेसरी में अभी उस दिन बाबूजी ने देख लिया तो कैसा मुस्कराये !

(मुस्कराये ही नहीं, कुछ कहा भी था न ?

(क्या कहा था ?

(ऊँह···!)

—उइ ! कितना बड़ा मच्छर है मइया !

तमाचा निशाने पर पड़ ही गया···।

—अहा ! कितना लहू पिये हुए था ! हथेली की दो रेखाओं के बीच लाल धब्बा कैसा लगता है···!

(वह बीचवाली रेखा भाग्य की है न ?

(जोतखी जी ने कहा था, राजयोग है आपको···।

(और बाबूजी ने कहा था, तुम नहीं होतीं तो मैं टूट जाता···।)

—कौन ? माँ ?

—हाँ बुच्ची, बड़ी रात हो गयी आज तो !

—आओ माँ, सो जाओ ! कल सारा दिन दौड़ना ही तो है तुम्हें···।

—आयी, बुच्ची !

—तो क्या कर रही हो, स्विच ऑफ कर दो न ?

—बस, एक मिनट !

बाथरूम भी जाना था। एक गिलास पानी भी पीना था।

बच्चियों को चादर भी ओढ़ा देनी थी।

कोशिश करने पर भी देवीजी को नींद नहीं आयी जल्दी से।

सोचती रहीं···!

सोचती रहीं···!

सोचती रहीं—

कि मामाजी को मेरे कहने से बाबूजी ने दस हज़ार रुपये का कर्ज़ दिलवा दिया था, अनन्नास की खेती के लिए। चार वर्ष हो गये। काश एक भी अनन्नास मामाजी के खेत से निकलता !

कि अशोकनगर कॉलोनी में औद्योगिक बस्ती के अन्दर मैंने दो व्यापारियों को जगहें दिलवा दी थीं। एक व्यापारी ने मुझे और दूसरे ने मेरे भाई को अपने धंधों में साझीदार बना लिया। नकली प्रतिष्ठानों के कई लेटर-पैड छपे। लाखों का कोटा निर्धारित करवा लिया गया। स्टेनलैस स्टील का, छोटी-छोटी मशीनों का, कागज़ का, कपूर का, दवाओं का। मुनाफा तो लाखों का हुआ, मगर बदनामी कम नहीं हुई।

कि विभिन्न पदों पर अनुकूल अफसरों को लाकर बंठाने का काम उतनी मुस्तेदी से अगर बाबूजी न करवा लेते तो इन नकली फर्मों का विकास असम्भव था।

कि अमुक विभाग में, फलाँ डिपार्टमेन्ट में एक बार डाइरेक्टर से मतभेद का खतरा पैदा होने की शंका हुई तो बाबूजी ने विभागीय सेक्रेटरी पर ज़ोर डालकर एडिशनल डाइरेक्टर का पद कायम करवा दिया और पीछे उस पद पर नगेन्दर का एक सहपाटी बैठाया गया।

कि महिला मंगल समाज को पिछले सात वर्षों में अनुदान और चन्दे के तौर पर लाखों की रकम मिली है, लेकिन आज तक उसका हिसाब लोगों के सामने नहीं आया।

(हिसाब ?

(काम तो भला काम हुआ, हिसाब क्या होता है ?

(देहाती महिला-केन्द्रों में अब तक हज़ारों चर्खे पहुँचा दिये गये हैं : डेढ़ सौ अम्बर चर्खे, चालीस करघे, शहद की मक्खियाँ पालने के लिए लकड़ी के पचास बक्से, साबुन बनाने का सरंजाम···।

(समाज की तरफ से चार स्कूल चल रहे हैं।

(ढेवर भाई और इन्दिरा गाँधी तक समाज के कामों की सराहना कर चुके हैं। इस वर्ष धान से चावल निकालने की पाँच और ढेकियाँ, तेल निकालने के चार और कोल्हू हम बैठाने वाले हैं।

(समाज के अपने खेत हैं, अपने बाग हैं। अनाज, साग-सब्ज़ी, आलू-

टमाटर ज़्यादा होने पर बेच भी दिये जाते हैं।

(समाज का अपना पशु-पालन केन्द्र भी चलता है।

(और नृत्य-नाट्य-केन्द्र भी।

(···इस केन्द्र को मैं बन्द कर दूंगी।

(नाच सिखलाने वाली वो छोकरी उस रोज़ ज़रूर पिट जाती। बिना पीटे मैं मानती नहीं उस रोज़···वो तो खैर कहिये कि झा जी आ गये बीच में ही! ···भारी पाजी है चुड़ैल! कहने लगी—"मैं बँगले पर नहीं जाऊँगी, चाचीजी। बाबूजी वड़े बदतमीज़ हैं आपके···।"

("खबरदार! जीभ खींच लूंगी, पुष्पा! पागल तो नहीं हो गयी है तू?"

("पागल तो आप हैं, चाचीजी!"

("मैं? मैं पागल हूँ?"

("नहीं, आप भला क्यों पागल होंगी! पागल तो मैं थी जो आपकी बात मानकर अकेली बँगले पर गयी।"

(मैं तो आज तक नहीं समझ पायी कि पुष्पा को बाबूजी ने क्या कहा था? क्या कहा होगा?

(वह छोकरी दो रोज़ बाद ही अपना हिसाब लेकर चली गयी थी। अच्छा हुआ, चली गयी। जाने किस-किस से बाबूजी के बारे में क्या-क्या कहती फिरती। यों तो बड़ी चंचल थी, हमेशा हँसती-हँसाती रहती थी। क्या औरत, क्या मर्द, किसी के सामने झिझकती नहीं थी···।

(तो बंगले पर से क्यों पिनककर वापस आ गयी पुष्पा?

(जाने भी दो! अपना क्या गया इसमें? गधी यों ही धक्के खाती फिरेगी!)

—देखिये देवीजी, मुझे आपकी तरह सेंत-मेंत में एम० एल० सी० नहीं होना है!

—सेंत-मेंत में? मगर तुम हो कहाँ? कहाँ से बोल रही हो, पुष्पा?

—मैं आपके कलेजे से चिपकी हुई हूँ, देवीजी। आँखें मूंदकर तो और अच्छी तरह देख सकेंगी मुझे आप!

—जहन्नुम में जाओ! ···अच्छा हुआ कि चली गयीं!

(उफ़! बड़ी शैतान थी—झा जी ने ठीक ही कहा था: देवीजी, यह तो आपको बेचकर खा जायेगी!

(छिनाल कहीं की! मुझे बेचकर खा जायेगी···!

(लेकिन झा जी उसे पसन्द नहीं करते थे?

(झा जी मुझे तो पसन्द करते हैं!

(अभी उपनिर्वाचन में हम दस रोज़ साथ रहे···।

(और सात सौ वोटों से हमारा उम्मीदवार हार गया···यह बाबूजी का अपना आदमी था न! जीतना ज़रूरी था इसका। हरिजन-सीटों के बारे में कहा नहीं जा सकता कि कहाँ आप जीत रहे हैं और कहाँ आप हार रहे हैं!

(इस फूलचन्द के पीछे सात-आठ हज़ार नकद खर्च हुआ है! दो जीपों के लिए दो सौ गैलन पेट्रोल, पोस्टरों की छपाई, स्थानीय वर्करों के लिए नाश्ता-पानी और पान-बीड़ी आदि के लिए उसी थाने के व्यापारियों ने अपनी-अपनी पाकिट उलट दी थी···।

(फूलचन्द नहीं हारता। उसे तो औरतों ने हरा दिया। हाँ, औरतों के वोट मिले होते तो नहीं हारता फूलचन्द!

(कम्युनिस्ट पार्टी की तरफ से तीन छोकरियाँ गयी थीं काम करने। उन्होंने हरिजन-औरतों में जमकर प्रचार किया, महीने-भर उन्हीं के बीच रहीं···उन्हीं के साथ खाना खाया और उन्हीं से सटकर सोयीं···छिः!··· ओ-ओ···!

× × × देवीजी को लगा कि उबकायी आ जायेगी। उठकर बाथ-रूम की तरफ गयीं। वापस आयीं तो माथा भारी था और दिमाग सोचने के काबिल नहीं रह गया था।

× × × लड़की को आवाज़ दी तो वह उठकर आयी।

देवीजी ने इशारे से बतलाया कि सिर चक्कर खा रहा है।

माधुरी महाभृंगराज की शीशी ले आयी। पलंग के सिरहाने बैठ गयी और माँ का सिर गोद में रख लिया।

माधुरी तब तक माँ का माथा चाँपती रही जब तक उन्हें नींद नहीं आ गयी।

बाबू धर्मराज सिंह पिछले साठ घंटों में सोये नहीं थे।

एक रात माँ मरणासन्न हो गयी थी, दमा का हमला हुआ तो सारी रात फुटबॉल की तरह उछलती रही। वैद्यजी आये, हकीमजी आये, होमियोपैथ डाक्टर आये और सिविल-सर्जन आये।

दूसरी रात इसलिए नहीं सो सके कि छोटी बच्ची ने दो नये पैसे वाला सिक्का निगल लिया था और बड़ा मुन्ना साइकिल-संचालन की ट्रेनिंग में बुरी तरह घायल हो गया। चूंकि पत्नी रात-भर परेशान रही बच्चों के पीछे, पति भी कैसे सोता ?

और यह तीसरी रात—

तूफान मेल के थर्ड क्लास-कम्पार्टमेन्ट में बैठे-बैठे नींद के झकोरे खा रहे थे बाबू धर्मराज सिंह। अकेले नहीं थे, साथ में तीन कवि और एक कविवर थे। गाँव के पुस्तकालय का वार्षिकोत्सव था। वापसी में थकान कई गुनी ज़्यादा महसूस हो रही थी। दो कवि बातें कर रहे थे। तीसरा कवि हाथों में पाँच-छः 'नयी कविता' थामे हुए था, वाचन की तन्मयता ऐसी थी कि कुछ मत पूछिये !

कविवर प्रचंडजी कोने की सीट पा गये थे, सो मज़े में नाक बजा रहे थे।

बाबू धर्मराज सिंह आँखें मूंदकर स्वप्नलोक में विहार कर रहे थे :

—'युगसन्देश' का अगस्त अंक अबके अच्छा निकालना है।

—कम-से-कम तीन हज़ार के विज्ञापन बटोरने हैं···।

—ग्रौर 'श्रमजीवी' का ग्रगस्त ग्रंक नहीं निकालोगे ?

—वाह ! नहीं क्यों ? दो हज़ार के विज्ञापन उसके लिए भी मिल जायेंगे। नहीं मिलेंगे ?

—ज़रूर मिलेंगे साहब ! कौन कहता है कि नहीं मिलेंगे ?

× × × बड़ी मशीन पर 'युगसन्देश' की छपाई हो रही है···हड़ाक्-हड़ाक्, धड़ाक्-धड़ाक्, सड़ाक्-सड़ाक्···सड़ड़ड़ड़, फड़ड़ड़ड़, खड़ड़ड़ड़, खट्ट खट्ट···!

× × × काली स्याही से पुते हुए दो हाथ ग्राहिस्ता-ग्राहिस्ता बड़े होते गये, बड़े होते गये !

—ग्ररे ! ये तो ग्रपने मशीनमैन के हाथ हैं !

—रसूल मियाँ ! तुम जादूगर तो नहीं हो गये हो ? खुद तो उसी तरह हो, हाथ लेकिन बड़े हो गये हैं ! क्या बात है, रसूल मियाँ ?

(रसूल चुप क्यों है ? हाथ लेकिन क्रेन-जैसे ऊँचे उठ गये हैं···!

(एक हाथ नीचे झुक ग्राया है।

(रसूल मियाँ का चेहरा गायब है, हाथ ही हाथ नज़र ग्रा रहे है।)

—ग्राइये मालिक, हथेली पर ग्रा जाइये !

—हथेली पर ग्रा जाऊँ ?

—हाँ मालिक, मैं ग्रापको ऊपर उठा लूंगा !

—गिर नहीं जाऊँगा, रसूल मियाँ ?

—ग्ररे नहीं मालिक, ग्राप भी कैसी बात करते हैं !

(क्रेन की तरह आवाज़ करता हुग्रा काला हाथ ऊपर उठता है। बाबू धर्मराज सिंह को लिफ्ट का मज़ा ग्रा रहा है···

(काफी ऊँचाई तक पहुँचकर हाथ ग्रधर में स्थिर हो जाता है।)

—कहिये मालिक, कैसा लगता है ?

—ग्रच्छा तो लगता है, लेकिन···।

—लेकिन-वेकिन नहीं, सवालों के जवाब देने होंगे !

—नहीं, मैं तुम्हारा मालिक हूँ, रसूल मियाँ ! सवालों के जवाब तो

तुम्हें दूसरों से भी मिल जायेंगे। आज तुम्हें हो क्या गया है ? और, यह तुम्हारी आवाज़ किधर से आ रही है रसूल मियाँ ?

(कई गुनी ऊँची आवाज़···गुर्राहट और विद्रूप की हँसी···!

(···बाबू धर्मराज सिंह की घिग्घी-बँधी आवाज़···!

—अच्छा पूछो रसूल मियाँ, क्या-क्या पूछना चाहते हो ?

—कै लाख रुपये बटोरना चाहते हो ?

—दस लाख···बीस लाख···पचीस लाख···करोड़···दो करोड़··· पाँच करोड़···दस करोड़···नहीं-नहीं, मैं कुछ नहीं चाहता हूँ, रसूल मियाँ ! कुछ नहीं चाहता हूँ मैं, नीचे उतार दो मुझे ? बस, भीख नहीं माँगना पड़े। किसी के सामने हाथ नहीं फैलाना पड़े, इतना ही चाहता हूँ, रसूल मियाँ···!

'नयी कविता' वाला तरुण पास आ गया और कंधा छूकर बोला—ठाकुर साहब, यह कैसा सपना देख रहे थे आप ? रसूल मियाँ यहाँ कहाँ से आया, वह तो आपके प्रेस में रीडर छाप रहा होगा ! सिगरेट लीजिए, आरा नज़दीक आ गया···।

—हाँ, आज यह तीसरी रात है। पलकें झपकते ही कच्चे सपनों ने हमला कर दिया। आप नहीं टोकते तो जाने कब तक अर्र-बर्र बकता जाता। यह आपने अच्छा किया।

उधर से प्रचंडजी ने हुंकारी भरी तो उनकी निमीलित मुद्रा देखकर दोनों को हँसी आयी। क्या पता, कविवर भी स्वप्नलोक में विचार रहे हों !

दस मिनट बाद ही आरा (शाहाबाद) आ गया।

सभी ने एक-एक चुक्कड़ चाय पी और दो-दो बीड़े पान के लिये।

ट्रेन चली तो धर्मराज सिंह का चिन्तन-चक्र भी चला।

—अच्छी टाइप-फाउंड्री के लिए अच्छा मैटल भी तो चाहिए और अच्छा मैटल तभी होगा जबकि पास में अच्छी-खासी रकम हो···?

एक बार पाँच हज़ार, दूसरी बार दस हज़ार···मगर उतने से क्या

होता है ? बाबूजी पच्चीस हज़ार भी यदि एक मुश्त दिलवा दें तो मैं कलकत्ता और इलाहाबाद वालों को दिखला दूं !

—यही हाल ईंटों का है ! अच्छी-पक्की ईंटों को कोई नहीं पूछता तो हमें ही क्या पड़ी है ! टेण्डरों की मंजूरी के लिए माल का खरापन तो कोई कसौटी नहीं रहा…!

—एक ही किस्म का धंधा करोगे तो भूखों मरोगे, बेटा !

—चार ट्रक और लेंगे…।

—कागज़ का न्यूज़प्रिन्ट वाला कोटा…'युगसन्देश' को अब दैनिक कर दूंगा…।

××× लाभ की रकम पाँच-पाँच अंकों में बिजली की ट्यूबलाइट के अन्दर से जगमगा रही है ! एक-दो नहीं, कई पंक्तियों में !

××× मशीनमैन रसूल मियाँ झुककर सलाम कर रहा है। नम्रता नहीं, दीनता ही छलक रही है।

××× रिक्शों की तादाद पचास से ऊपर हो गयी है। जो उन्हें खींचते हैं, उनकी फटी कमीज़ों के अन्दर से अब पीठों के अधिक हिस्से दिखायी दे रहे हैं…।

(तो हम क्या करें ?

(मजदूरी का रेट बढ़ा दो।

(वाह, धंधा ही चौपट कर दूं ?

('समाजवादी ढाँचे' वाली बात पर अमल भी तो करो न !

(और फिर जीवनदानी बन जाऊँ ?

(ठीक तो है, विनोबाजी तुम्हें आशीर्वाद देंगे…।

(मगर सौ आदमियों को रोटी कौन देगा ?

(उनके अपने हाथ उन्हें रोटी देंगे।

—ओह ! मेरा तो सिर फटा जा रहा है और आधे घंटे में अब हम पहुँच भी तो जायेंगे। न हो, इस लड़के से तब तक बातचीत ही करते चलें…!

—गुमसुम रहूँगा तो मन अनाप-शनाप सोचेगा इसी तरह !

—सुनिये इंगितजी, सिगरेट है ?

—जी, लीजिये न !

सिगरेट जलाकर बायें हाथ से पेशानी छूते हैं बाबू धर्मराज सिंह। आँखें बड़ी-बड़ी हो जाती हैं।

—अजी, देखिये तो ! मुझे बुखार चढ़ा है ?

—लगता तो है !

—अरे नहीं, छूकर देखिये न !

तरुण कवि इंगितजी बाबू धर्मराज सिंह के नज़दीक आते हैं और अपनी मुलायम हथेली उनके कपार से सटा देते हैं···ठाकुर साहब आँखें मूंद लेते हैं—आह ! आह !!

—क्या हुआ, ठाकुर साहब ?

—अरे, आप अपनी हथेली मत हटाइए अभी, बड़ा अच्छा लग रहा है···!

—अच्छा लग रहा है !—कविवर प्रचंडजी की आँखें एका-एक खुल गयीं। सँभलकर बैठे और इंगित को उस भूमिका में देखकर बोले—तुम ट्रेन से उतरकर इनके साथ घर तक जाना !

इस पर और मुसाफिरों को भी हँसी आ गयी।

बाबू धर्मराज सिंह ने हथेली हटाकर कहा—बस, धन्यवाद !

विक्षुब्ध युवकों का वह साप्ताहिक कब किसके बारे में क्या छाप देगा, कहा नहीं जा सकता···गोपी बाबू के सेक्रेटरी ने समारोह वाली उस टिप्पणी पर हरी पेन्सिल से निशान लगा दिया था।

गोपीवल्लभ ठाकुर ने उन पंक्तियों को बार-बार पढ़ा था।

इस वक्त उनका ध्यान उन्हीं पंक्तियों पर था।

चौराहा···।

लाल रोशनी···।

ब्रेक···।

क्लच दबाकर गियर चढ़ा दी गयी।

गद्दे पर बाबू गोपीवल्लभ ठाकुर को झुलाती हुई कार रुक गयी।

गाड़ी नयी थी, ड्राइवर भी नया था।

गोपी बाबू ने लाइटर से सिगरेट जला ली।

···लाखों की रकम बटोर ली गयी है। यह जयन्ती नहीं है, जयन्त की चोंच का चोंचला है···।

लाल बत्ती की रोशनी में उसी विक्षुब्ध साप्ताहिक की दाहक टिप्पणी जगमगा उठी। गोपी बाबू को हँसी आ गयी, कंकड़ की मामूली चोट खाकर बन्दूकवाला हँसेगा नहीं तो क्या करेगा!

महीने में दो बार-एक बार निकलता था यह साप्ताहिक, नाम था 'पंचशील'। 'ब्लिट्ज़', 'टाइम,' 'लाईफ' आदि के अलावा और कोई साप्ताहिक गोपी बाबू नहीं छूते थे। महिलाएँ 'धर्मयुग,' 'फिलमफेयर,' 'फेमिना' आदि लेती थीं। बाकी 'युगसन्देश,' 'पंचशील' जैसे घटिया साप्ताहिक यों ही आ जाते थे।

सेक्रेटरी की नादानी पर झुंझला उठे ठाकुर साहब···कूड़े में डाल देना था, मुझे पढ़वाने की क्या ज़रूरत थी?

···शर्मा अभी कुछ समझता नहीं है!

···सोचा होगा, जयन्ती के बारे में जो भी कुछ छपे, मालिक की नज़रों से गुज़रना ही चाहिए!

···छिः, वह भी कोई वीकली है? चिथड़ा कहीं का!

···धर्मराज को इशारा-भर मिल जाये, फिर ऐसी मरम्मत होगी सम्पादक की, ऐसी मरम्मत कि···।

कि रोशनी हरी हो गयी, रथ आहिस्ता से सरकने लगा।

गद्दे पर फूल की एक पंखुड़ी दिखायी दे गयी।

गोपी बाबू ने उसे बस यों ही उठा लिया।

उँगलियाँ सटीं तो नथने फड़क उठे।

(जुही के फूलों का गजरा माधवी को बेहद पसन्द है···।

(वन्दना को नहीं पसन्द है ?

(वन्दना माधवी से जलती है।

(चार-छः महीने की देर है। इतना अच्छा दूल्हा पाकर वह मुझे अवश्य ही क्षमा कर देगी। औरतें भुलक्कड़ भी तो होती हैं···।

(हाँ, वन्दना मुझे क्षमा कर देगी, लेकिन माधवी नहीं क्षमा करेगी।

(बला से ! क्या हैसियत थी इन लोगों की, मक्का के टिक्कड़ तोड़ते रहे होंगे ! आज माँ भी कमा रही है और लड़की भी।

फूल की सफेद पंखुड़ी को मसलकर उँगलियों ने कब फेंक दिया, गोपी बाबू को पता तक न चला। याद आने पर उन्होंने उँगलियों को सूंघ लिया।

—अभी-अभी तुम यहाँ बैठी थीं।

—आज कितना अच्छा जूड़ा बाँधा था तुमने !

—कटेली चम्पा की खुशबू आ रही थी !

—ऊपर से जुही का गजरा लपेट रखा था।

—अन्दर किसको लपेट रखा था ?

(यह भी भला पूछने की बात है ? और मैं बतलाऊँगी ही क्यों ?

(तुम लाख कोशिश करो, मुझसे छिपा नहीं सकतीं, माधवी !

(तो, बतला दीजिये आप ही।

(बतला दूं ? सच ? बतला दूं, माधवी ?

(पोलिटिकल साइन्स का वह नौजवान लेक्चरर···!

(जी हाँ, मिस्टर सिंह···।

(पूरा नाम ?

(रुचिपति सिंह···।

(मैंने सुना है, तुम दोनों में गाढ़ी मित्रता है। तुम उसके घर भी हो आयी हो, मोतिहार नहीं गयी थीं तुम पिछली गर्मियों में ? उसकी माँ

तुमको 'बेटी' कहके नहीं बुलाती हैं माधवी ?

(और कुछ नहीं बतलाइयेगा ?)

होंठों पर बरबस हँसी आ गयी···।

ड्राइवर ने उड़ती नज़रों से देख लिया, मालिक अपने-आप हँस रहे हैं।

शहर कब का पीछे छूट चुका था। सेक्रेटेरियट, हाई कोर्ट, विमेन्स कालिज···।

बँगला आ गया।

अन्दर दाखिल होते ही ठाकुर साहब ऊपर चले गये।

कालिज की मैनेजिंग कमेटी की बैठक से लौटते समय वह माधवी को उसके घर छोड़ते आये थे।

कुत्ता पहले आया। वन्दना पीछे आयी, कॉफी का प्याला लेकर।

जिनके लाखों के टेण्डर मंज़ूर हुए थे, वे तीनों रिश्तेदार मिलने आये थे। उन्हें बाहर वाले कमरे में बैठाया गया था और वे चाय-समोसे उड़ा रहे थे।

वन्दना ने कहा—बड़ी देर हुई आपको। और माधवी क्यों नहीं आयी ? सवेरे फोन पर हमारी बातें हुई थीं। तय हुआ था कि वापसी में वह साथ आयेगी।

गोपीवल्लभ ठाकुर ने बेटी की ओर देखा तो देखते ही रह गये।

वन्दना मेज़ के पास खड़ी थी, 'टाइम' के पन्ने उलट रही थी और पिता की चुप्पी ने उसे गम्भीर बना दिया था।

[वन्दना, तुम सब कुछ समझती हो !

[मगर मैं क्या करूँ ? तुम्हारी माँ को पूजा-पाठ और तीर्थ-यात्रा से कभी फुर्सत नहीं मिली···।

[पिताजी, आपका क्या कोई भी कसूर नहीं था ?

[लेकिन, पुरुषों को तो आदिकाल से ही क्षमा मिलती आयी है, वन्दना ! नहीं ? मैं झूठ कहता हूँ ?

(तो इसलिए आपने अपने को भौंरा बना रखा है ? आप माधवी को कलकत्ता ले गये थे, हवाई जहाज पर। महीने बाद वह लौटी तो बेचारा का चेहरा कैसा विकराल लगता था ! कलेजे का सत निचुड़ गया था न वहाँ···!

(तुमसे डर लगता है वन्दना, इस तरह मेरी तरफ क्यों देखती हो ?

(वह हमारी पगली मौसी नहीं हैं ? वह एक बार बतला रही थीं—मेरी माँ जिस युवक को दिल से चाहती थीं, उससे उनका ब्याह नहीं हो सका। नाना तो बस हैसियत और घराना देखते थे। आप तो खैर घराना नहीं देखते, हैसियत ज़रूर देखते हैं ! कितना सुन्दर था वह पंजाबी नौजवान ! बी० ए० नहीं था तो क्या हुआ ? टाइपिस्ट था तो क्या हुआ ?

(मैंने तुम्हारे लिए कितना लायक दूल्हा ढूंढ़ निकाला है ! वन्दना, वह आठ सौ रुपये पाता है···।

(जी, मैं आजीवन आपके ऋण से दबी रहूँगी। यों भी दबाव झेलने का काफी अभ्यास है। कालिज की पढ़ी-लिखी हूँ तो क्या हुआ, हूँ तो आखिर बिहार की ही। जो भी आपकी मर्ज़ी का मेरा दूल्हा होगा, मैं उसकी उपेक्षा नहीं करूँगी···मगर, एक बात पूछूं, पिताजी ?

(पूछो न !

(है आपमें हिम्मत ? आप माधवी से शादी करेंगे ?)

झ—न—न—झन्···मुरादाबादी पीतल का ऐश-ट्रे नीचे गिर गया।

कुत्ता चौंककर गुर्राया।

वन्दना आगे बढ़ आयी। राखदानी को उठाकर उसने फिर से गोल तिपाई पर रख दिया। बोली—अभी आप आराम कीजिये, दिन-भर की थकावट है न।

—और वे लोग ?

—उनसे कहलवा देती हूँ, फिर कभी आ जायें।

—नहीं, दूर से आये होंगे।

—तो फिर घंटा-दो घंटा बाद मिल लें।

—और अभी शाम को ललनजी वगैरह भी तो आने वाले हैं।

—मैं फोन से खबर कर देती हूँ, कोई नहीं आयेगा।

—जरूरी है, बेटा !

—कल सबेरे आ जायेंगे, अभी आप आराम कीजिये।

दो मिनट बाद ही बाबू गोपीवल्लभ ठाकुर का भारी मस्तक तकिये में धँस चुका था।

नीली रोशनीवाला छोटा रॉड बैडरूम में जलता रहेगा। शाल ओढ़े मालिक लेटे रहेंगे। तापमान बढ़ भी सकता है। नींद नहीं भी आ सकती है।

पिछली रात बड़ा ही भयानक स्वप्न देखा था—आधुनिक अस्त्र-शस्त्रों से लैस होकर डाकुओं का बड़ा गिरोह आ धमका है। टेलिफोन की लाइन काटकर अन्दर घुस आये हैं और···!

ऐसा खौफ़नाक सपना गोपी बाबू ने कभी नहीं देखा था !

अब वह दो गुरखा और बहाल करेंगे···।

दो क्या, दस गुरखे बहाल कर सकते हैं गोपी बाबू।

कौन ऐसा काम है जो चाँदी के ठीकरों से नहीं होगा ? है कोई ऐसा काम ?

अन्दर से रेडियो पर वाद्य-संगीत की आवाज आ रही थी। रविशंकर सितार पर यमन-कल्याण बजा रहे थे।

रिकार्ड होगा।

पलकें मुंदी हैं, मन लेकिन खिलवाड़ में लगा है।

नींद नहीं आ रही मालिक को···।

एक, दो, तीन, चार, पाँच, छः, सात, आठ, नौ, दस, ग्यारह, बारह, तेरह···।

गिनते हैं, मगर सिलसिला टूट जाता है !

एक, दो, तीन···एक, दो, तीन, चार, पाँच···एक, दो,···।

(योगिराज जितेन्द्र ने कहा था : नींद न आये तो मन को एकाग्र करके गिनती किये जाओ और आँखें मूंदे रहो !

(एक, दो तीन···।

(लाशें, खून से लथपथ ! एक, दो, तीन···अभी-अभी आयी हैं, एम्बुलेन्स से उतारकर अस्पताल के हाते में रख दी गयी हैं···।

(एक, दो, तीन···लाशें । दो नौजवानों की, तीसरी अधेड़ की ।

(बाहर छात्रों की विशाल भीड़ ।

(अन्दर बन्दूकधारी मिलिट्रीवाले ।

(एक, दो, तीन···बाबूजी, कलक्टर, पुलिस, सुपरिण्टेण्डेण्ट । तीन चेहरे···भारी और उदास चेहरे ।

(एक, दो, तीन···लाशें पुलिस ने चार घंटे बाद वापस की हैं । आगे-आगे फूल-मालाओं से सजी तीन अर्थियाँ, पीछे-पीछे विराट जुलूस···।

—प्रणाम, सरकार !

—पहचाना नहीं मुझे आपने ?

—उहुँ !

—नहीं पहचाना ? लीजिये, हैट और काला चम्मा हटा लूं···!)

(मुस्कान ।

(घुले हुए शब्द ।

(चतुर चितवन ।

—अरे तुम ? जटाशंकर ! कहाँ रहे ?

—बम्बई रहता हूँ, सरकार ! जर्नलिज्म का धंधा अपना लिया है ।

—तुमको तो पॉलिटिक्स में आना था, छात्रों पर इतना असर तो और किसी का था नहीं···।

(एक हज़ार रुपये, हाँ, दसवाले सौ नोट मैंने तुम्हारे हवाले किये थे ।

तुमने छात्रों की संघर्ष-समिति के नेतृत्व से अपना नाम वापस ले लिया था। अगले दिन अखबारों में तुम्हारा स्टेटमेन्ट आ गया था। बाकी दो छात्र-नेताओं में से एक अन्डरग्राउण्ड चला गया, दूसरे को हमने गिरफ्तार करवा लिया···।

(बाबूजी को भीड़ में से किसी ने दो थप्पड़ लगा दिये थे।

(किस ने कहा था, खुराफ़ाती लड़कों की भीड़ में वह गये ही क्यों ?

(वाह, जाते कैसे नहीं ? मुख्यमंत्री को सरेआम गालियाँ दे रहे थे छात्र, पुतला जला रहे थे; पुलिस और अधिकारियों पर पत्थर बरसा रहे थे···!

(और, पुलिसवाले क्या फूल बरसा रहे थे ?

(लाठियाँ किसने बरसायी थीं ?

(सत्रह और चौदह साल के लड़कों पर बुलेट किसने दागी थी ?

(दो जवाब ! अब चुप क्यों हो गये ?

(यह किसका हाथ मेरे गले की ओर बढ़ा आ रहा है ?

(अरे, अरे, अरे, ! मैं तो आसमान में झूल रहा हूँ ! मेरी गर्दन जाने किसकी गिरफ्त में आ गयी है !

(वन्दना ! अरी ओ वन्दना ! कहाँ गयी तू ऽऽ···?)

और, वन्दना ने झाँककर देखा तो मालिक करवट बदलकर दूसरी तरफ हो गये थे। शायद नींद आ गयी थी।

लड़की अन्दर कमरे में आ गयी। पंखे की स्पीड कम कर दी उसने। दोपहर में वर्षा हुई थी, उमस का पता नहीं था।

पिता को उसने कमर तक शाल ओढ़ा दिया।

महन्तजी चार रोज़ पहले से महानगरी में डटे थे।

इन दिनों उन्हें कई काम थे :

प्रादेशिक 'संत समाज' की कार्यकारिणी कौंसिल की अनिवार्य बैठक थी।

दो ग्रन्थ प्रेस में पड़े थे—'मिथिला की सन्त-परम्परा' और 'सन्त चमरूदास के अनमोल पद'। नाहक बिरादरी के मोह में पकड़कर इन्हें मिश्राजी के हवाले किया था। पाठकजी के सुझाव के अनुसार राष्ट्र भाषा अकादमी के अधिकारियों से इन ग्रन्थों के प्रकाशन की बाबत बात कर लेनी थी। आचार्यप्रवर बाबू स्नेह-शरणजी और डाक्टर परमेश्वरीप्रसाद नारायणसिंह 'परमेश' से तीन बार मिल चुके थे महन्तजी, दो बार अभी और मिलना था।

एक भगतिन की भाभी को अभी बड़े अस्पताल के जनाना वार्ड में भर्ती करवाना था। कमर ऐंठती थी, शायद एक्स-रे की ज़रूरत हो।

नारायणपट्टी के शादीशुदा महन्त को वहाँ का प्रभावशाली नेता परेशान किये हुए था, सोशलिस्ट उसका पक्ष ले रहे थे। सीताशरण दास के लिए यह अलग सिरदर्द था जिसकी दवा महानगरी में ही मिलनेवाली थी।

ट्रैक्टर के लिए नये मॉडल का इंजिन लेना था। छः-सात वर्ष पहले जो ले गये थे वह भी काम आ रहा था, लेकिन इधर पाँच सौ एकड़ ज़मीन बढ़ भी तो गयी थी।

बाबूजी के 'हीरक समारोह' में तो खैर भाग लेना ही था।

वह बाबा रामलखन दास की ठाकुरबाड़ी में ठहरे थे।

बहुत बड़ा अहाता था ठाकुरबाड़ी का, शहर के बीचोंबीच। पिछवाड़े 'सिनेमा मंजुश्री' और आगे गांधी मैदान की ओर जानेवाली बड़ी सड़क। मन्दिर तो खैर पुराना था, इर्द-गिर्द के मकान नये थे। दो को छोड़कर बाकी सब किराये पर लगे थे।

बाबूजी से फोन पर बात हो चुकी थी। देवीजी से भी।

शाम को एकाएक महन्तजी बाथरूम में फिसल गये। दायाँ घुटना और दायीं कोहनी में बेहद चोट लगी। ठाकुरबाड़ी के महन्त रामलोचन दास टैक्सी पर उन्हें अस्पताल ले आये।

रामसागर राय और गोपीवल्लभ ठाकुर की कोशिशों का ही नतीजा था कि कॉटेजोंवाले बड़े वार्ड में अलग एक कमरा महन्तजी को मिल गया।

ग़नीमत थी, फ्रैक्चर नहीं हुआ था। इंजेक्शन लगे, मरहम लगाकर ड्रेसिंग कर दी गयी। कहा गया कि दर्द आराम होने में दो रोज़ लग जायेंगे।

रात को नौ बजे देवीजी मिलने आयीं तो महन्तजी के आँसू आ गये। बोलें—दुर्भाग्य···!

आगे कुछ बोला नहीं गया। बार-बार महन्तजी उँगली से कपार ठोकते रहे।

लोहे के उस ऊँचे पलंग के बिलकुल पास कुर्सी खींच लायी थीं देवीजी। विगलित स्वर में कहा—दुर्भाग्य केवल आपका ही नहीं, हम सभी का दुर्भाग्य है यह। बाबूजी तो सुनकर स्तम्भित ही रह गये। वह आपको देखने आ भी रहे थे कि अचानक दो विधायक मिलने पहुँच गये।

—बाथरूम में दो दिन बाद भी मैं फिसल सकता था—महन्तजी उदासी में डूबकर बोले और दीन दृष्टि से देवीजी को देखते रहे।

—कोई जान-बूझकर तो बाथरूम में कभी फिसलता नहीं—देवीजी अपने-आप से बोलीं।

फिर वह महन्तजी की ओर देखती रहीं।

और महन्तजी की निगाहें देवीजी की तरफ थीं।

महन्तजी की एक भगतिन का चेहरा हू-ब-हू मंजुमुखी से मिलता था। समारोह-समिति की बैठक में पिछले सोलह महीने के दरम्यान बार-बार इस मुखड़े को निकट से देखने के अवसर मिले थे। बार-बार दिवंगत भगतिन का चन्द्रवदन इन दिनों जागते-सोते अपनी स्निग्ध आभा

से महन्तजी के मन-प्राण को भास्वर और तरल बना गया था।

और अब वही चेहरा इतना करीब था···!

शिष्य और परिचारक, दो ही जने पास में थे। इस वक्त वह भी कमरे से बाहर चले गये थे।

—काश, तुम्हारी हथेली मेरी पेशानी पर होती···!

—काश, तुम तुम्हीं होतीं···!

—काश, यह मुखड़ा वही मुखड़ा होता···!

—काश, मंजुमुखी तुत रमदेई होतीं, भगतिन···!

(आपदाम् अपहन्तारं दातारं सर्वसम्पदाम्।
गुणाभिरामं श्रीरामं भूयो-भूयो नमाम्यहम्॥

(रामाय रामभद्राय, रामचन्द्राय वेधसे।
रघुनाथाय नाथाय सीतायाः पतये नमः॥

(तेल की शीशी कहाँ है ?

(मैं सिर दबा देती आपका···।

(आप ? सिर दबा देंगी आप मेरा ? अजो नहीं···।

(तो इसमें क्या हर्ज है, महन्तजी ?

(देखिये देवीजी, मैं दुनियादार गृहस्थ नहीं हूँ। मैं वैरागी हूँ। मेरे लिए स्त्री का स्पर्श वर्जित है।

(वर्जित है ? स्पर्श तक ?

(आपकी साँस रामजी के इस शरीर से टकरा रही है। देवीजी, अपनी कुर्सी जरा हटा लीजिये न !

(अच्छा, लीजिये, हटाये लेती हूँ अपनी कुर्सी !

(नहीं, रहने दीजिये !

(तो, न हटाऊँ ?

(कह तो दिया, नहीं हटाइये !

(मगर तेल कहाँ है ? मैं आपका माथा दबाना चाहती थी। हाय राम, बाल कितने छोटे-छोटे हैं ! सूखे-सूखे !

(देख रमदेई, मुझे नींद आ रही है···।

(देख रमदेई, अब इस वक्त मेरा सिर मत दबा···।

(देख रमदेई, अपना हाथ यहाँ रख ! हाँ, यहाँ, सीने पर ! यहीं, हाँ···!

(देख रमदेई, तेरी हँसली अबके सोने की हो जायेगी···।

(देख रमदेई, इस तरह मुस्कराती क्यों है ? मैं झूठ कहता हूँ ?

(देख रमदेई, अबके सोने की हँसली···।

(देख रमदेई, कलमी आमों का वह बाग अबके तेरे नाम चढ़ा देंगे।

(देख रमदेई, तू कुछ बोलती क्यों नहीं ?

(महन्तजी, आप भारी झूठे हैं !

(महन्तजी, आप भारी ठग हैं !

(महन्तजी, आप भारी छिनार हैं !

(महन्तजी, आप शादी क्यों नहीं करते हैं ? अब तो सरकार भी शादीशुदा महन्तों की जमीन-जायदाद नहीं छीनती···।

(महन्तजी, नहीं, आप शादी क्यों करेंगे ?···क्या होगा शादी करके ?

(महन्तजी, आप बाल बढ़ाइए। पन्द्रह रोज पर हज्जाम आयेगा, कितने खूबसूरत लगेंगे आप !

(महन्तजी, मुझको भी एक बार बाहर ले चलिये ! मैं भी कलकत्ता और दिल्ली देखना चाहती हूँ।

(महन्तजी, आप बहुत बुरे हैं !

(महन्तजी, आप बहुत अच्छे हैं !)

करवट बदलते ही महन्तजी की नाक बजने लगी।

देवीजी कुर्सी से उठकर बाहर हो गयीं।

बरामदे में महन्तजी का शिष्य मिला।

देवीजी ने कहा—नींद उचट जाये और फिर नींद नहीं आये तो ?

वह अनुभवशून्य लेकिन, सुन्दर तरुण था। फैली-फैली आँखों से वह पूछनेवाली की ओर देखता रह गया।

—थोड़ी-सी ब्रांडी दे दीजियेगा—देवीजी ने बतलाया।

तरुण ने कहा—आपके आने से पहले ब्रांडी की बात उठी थी, 'सरकार' ने इन्कार कर दिया था।

देवीजी के होंठों पर हँसी आ गयी, पैर सीढ़ियों से उतरने लगे।

आज की रात ललनजी की कॉलम लिखनेवाली रात थी।

'चीन की घुस-पैठ : नये पैंतरे' शीर्षक देकर तीन कॉलम का लेख लिखा। फिर इसबगोल की भूसी फाँकी और दूध पिया और बिस्तर पर लम्बे हो गये।

देर तक नींद नहीं आयी।

आचार्य स्नेहशरण ने अपने तीसरे पुत्र का ललनजी की पहली पुत्री से ब्याह करने का निश्चय प्रकट करते हुए पत्र में लिखा था :

"××× दोनों को जगत्जननी जानकी सुखी और दीर्घायु बनावें। अपनी-अपनी योग्यता से दोनों ही समाज को लाभ पहुँचायेंगे, मुझे इसमें रत्ती-भर भी संशय नहीं है। मानवोचित आदर्शों के प्रति दोनों के हृदय में प्रगाढ़ आस्था है, स्वार्थ की आपाधापी में औरों को धकेलकर आगे बढ़ जाने की प्रवृत्ति न तो हमारे ललितकिशोर के अन्दर है, न आपकी लवंगलता के अन्दर ही। इन दोनों की ओर से हम आश्वस्त हैं।

"बहुजन की रुचियों पर हम भला ध्यान कैसे नहीं देंगे ? लोकाचार की अवज्ञा करें तो वह लोकयुग ही क्या ! फूल-पत्तियों से ही सही, किन्तु आभूषित लता जब श्वसुर-कुल में प्रवेश करेगी तब जो मांगलिक दूब-अच्छत उसके माथे पर पड़ेंगे वे सौभाग्य के ही प्रतीक होंगे।

'लड़के की माँ तो रही नहीं। उसे तो खैर हम मना भी लेते। परन्तु

ललित की मौसी को कौन मनावे ? उनका आग्रह है, कम-से-कम सौ आदमी बरात में होंगे ही ! अब आप ही बताइये ललनजी, मेरा हृदय इस हठ के आगे भला कैसे आत्मसमर्पण करेगा ? नहीं बन्धुवर, मैं यह सब नहीं होने दूंगा, आगे चाहे कुछ हो जाये ! इस दुराग्रह में दो हज़ार तो लग ही जायेंगे, नहीं लगेंगे ? नहीं भाई, यह नहीं होगा···।

"बापू ने तो ठीक ही कहा था : लोकाचार की बेड़ियों में समाज जकड़ा हुआ है ।

"बापू ने ठीक ही कहा था : यदि आडम्बर नहीं हटा सके तो शादी-ब्याह में पवित्रता कहाँ से आयेगी ?

"बापू ने ठीक ही कहा था······।"

अन्तर्देशीय पत्र तकिये के नीचे दबा पड़ा है। तकिये के सफेद खोल पर हरे धागे की कढ़ाई है। भारत का मानचित्र। लता का शिल्प। तकिये के नीचे लेकिन आचार्य स्नेहशरण का शब्दशिल्प दहक रहा था···ललनजी आचार्यजी के सूत्रों का भाष्य बुनने जा रहे थे, मन-ही-मन। नाना प्रकार के तात्पर्य खुलते जा रहे थे—

"बापू ने ठीक ही कहा था···"

हाँ, बापू ने ठीक ही कहा था···

बापू भला गलत क्यों कहेंगे ?

जाने उस बुढ़ऊ से आचार्यजी और क्या-क्या कहलवा लेंगे ?

(दो हज़ार रुपये बारात की तैयारी के लिए आचार्यजी को देने होंगे···।

(अपनी लड़की को 'फूल-पत्तियों' से यानी गहनों से सजाने के लिए तीन हज़ार और चाहिए···।

(दूल्हे की विदाई के लिए दो हज़ार और···।

(बारात को जिमाने के लिए एक हज़ार और···:

(एक हज़ार और···।)

ललनजी निढाल होकर लेटे रहे, पलकें झिपी थीं ।

आधा घंटा बाद उठे, लाइट वाला स्विच् ऑफ कर दिया।

कि पत्नी अन्दर आयी। कंधे पर छोटा बच्चा था। बोली—इसे यहाँ लिटा जाऊँ ? सोचा, लिखाई हो गयी, अब बिस्तरे पर आ गये हो।

—लिटा दो ! पति ने ठण्डी आवाज़ में कहा।

पत्नी सोच रही थी, बैठने के लिए अवश्य कहेंगे और तब थोड़ी देर गपशप होगी। मगर ललनजी उसी तरह लेटे रह गये।

अब पत्नी ने स्विच् ऑन कर दिया। करीब आकर झुकी, चेहरे की ओर देखा और बोली—बहुत थके गये हो, सो जाओ···अच्छा, तुमने वह चिट्ठी पढ़ ली थी ?

—पढ़ी थी।

—तुम तो कहते थे, एक पैसा भी वे नहीं लेंगे !

—हाँ, कहता तो था।

—अब चाहे जैसा हो, जहाँ हो, एक की शादी होगी ही।

—बाकी क्या क्वाँरी रहेंगी ?

—वाह, क्वाँरी क्यों रहेंगी ! पढ़-लिख के काम करेंगी, आप, अपना दूल्हा खोज लेंगी। कम पढ़ी-लिखी लड़कियाँ भी दस तरह के धंधे कर सकती हैं, वे भी बूढ़े माँ-बाप को पाल सकती हैं···

ललनजी बिजली की फुर्ती से उठ बैठे और पत्नी को सीने से लगा लिया।

—शाबाश !—पत्नी की पीठ ठोककर बोले। उनकी आँखें चमक रही थीं।

(आज से चौदह वर्ष पहले जब मैं 'दैनिक समाज' से अलग होने में हिचक रहा था, तब भी तुमने मेरा मनोबल बढ़ाया था।

(मालिक हिन्दुसभाई जमींदार थे। राष्ट्रीयता और जनतन्त्र की गुनगुनी आँच ही उनको अच्छी लगती थी···।

('दैनिक समाज' का प्रधान सम्पादक इन दिनों तेरह सौ पा रहा है···।

(गोपी बाबू और राजा साहब एक दैनिक निकालने वाले हैं। प्रधान-

सम्पादक उसका मुझे ही बनायेंगे···।

(अजी, तुम तो नयी दिल्ली जाने वाले हो !

(राज्य सभा के मेम्बर होकर ?

(प्रेस इन्फार्मेशन ब्यूरो के असिस्टेंट डाइरेक्टर होकर ?

(क्या होकर ?

(क्या नहीं होकर ?

(क्या करके ?

(क्या नहीं करके ?

(बाबूजी को खुश करके !

(बाबूजी को रंज नहीं करके···!)

पत्नी श्रीमती सुशीला प्रसाद—

अब दूध-पीती बच्ची को उठा लायीं।

पलंग पर जमकर बैठीं। बोलीं—क्या सोच रहे हो ?

—तुम क्या सोच रही हो ?

—हमें उनकी बात मान ही लेना है, भेज दो कल दो हज़ार।

—और तिलक ?

—तो पाँच सौ रुपये और सही !

(जंभाई, जंभाई, जंभाइयाँ···

(ललनजी को जंभाई आ रही है—एक वचन से काम नहीं चलेगा, ठेठ बहुवचन···जंभाइयाँ !

(सम्बोधन : हे जंभाई ! हे जंभाइयो ! अभी दूर हटो ! श्रीमती सुशीला प्रसाद अभी बतचीत के मूड में श्रीमान देवनन्दन प्रसाद उर्फ 'ललनजी' की तरफ देख रही हैं···।

(मगर पतिदेव निढाल होकर दुबारा लेट गये हैं।

(पहले तो दो-ढाई घंटे गाढ़ी नींद आयेगी, फिर सपनों का हमला होगा···।

(सोते वक्त खर्च और चिन्ता की बातें हुई हैं, आज बुरे-बुरे सपने आयेंगे···।

(अब और बातें करके श्रीमती प्रसाद श्रीमान प्रसाद के मन को क्यों मथें ?

(पहाड़ी नौकर कल से छुट्टी पर जा रहा है···।

(हाय राम ! कल से बहुत सारे काम खुद करने पड़ेंगे···।

(महरी की लड़की को बच्चा हुआ है, वह अभी चार रोज और नहीं आयेगी···।)

ललनजी की नाक बजने लगी।

श्रीमतीजी ने उठकर स्विच् ऑफ कर दिया।

मृगांकजी 'साधना सदन' के अनुशीलन विभाग में दो घंटे गप्पें मारकर नौ बजे रात को घर आ गये।

बाबू रामप्यारे प्रसाद तो मन्त्री होने के नाते नियमित रूप से 'सदन' के दफ्तर में आते थे।

सांस्कृतिक कार्यक्रमों के बारे में मृगांकजी का यह परामर्श उन्होंने खुशी-खुशी मान लिया था कि बाहरी कवि नहीं बुलाये जायेंगे। स्थानीय कवियों से कहलवा दिया गया। अंजलि और नीलिमा समीर सरकार की शिष्या थीं। 'कला मंडल' अपने प्रभाव में था ही। वन्दना से रामप्यारे प्रसाद ने खुद ही फोन पर बात कर ली थी।

निमंत्रण-पत्र सदन का चपरासी आज सारा दिन बाँटता रहा था।

परसों तुलसी-जयन्ती थी।

जमशेदपुर से तार-मनीआर्डर आया था, लेकिन जाते कैसे ? दक्षिणा और विदाई की दृष्टि से छोटा नागपुर मृगांकजी के लिए उत्साहवर्धक क्षेत्र रह चुका है। अब तो खैर निकलना कम हो गया है।

अभिनन्दन-ग्रन्थ के सम्पादक में 'प्रचंड जी' ने भी काफी रकम खींच ली थी···।

(बनारसी भंगवाला एक चुक्कड़ का चार आने लेता है···।

(लेता है तो लेता है, तबीयत लेकिन तरकेट हो जाती है!

(मैं तो ग्राज दो चुक्कड़ चढ़ा ग्राया हूँ!

(प्रचंड, तुम बहुत टें-टें करते थे, ग्रब तो चुप रहोगे, बेटा? देखूं, ग्रब तुम्हारी मर्दानगी! है मजाल? एक भी शब्द मेरे खिलाफ लिखोगे?

(विशाख, तू कब से ठगता ग्रा रहा है मुझको?

—जी, मैं चार महीने ग्रौर लूंगा···।

—जी, किताब का काम? 'मृगांक: एक मूल्यांकन'···!

—जी, 'महाकवि मृगांक'?

—जी, 'मृगांक-महिमा'?

—जी, पूरी पांडुलिपि ग्रापके हवाले कर दूंगा।

(विशाख ग्रच्छा गीतकार है···।

(विशाख ग्रच्छा गाता है···।

(विशाख भारी चालाक है···।

(विशाख को मिलाकर रखूंगा···।

(विशाख को खरीद लूंगा। राष्ट्रभाषा अकादमी में ग्रभी वह दो सौ पाता है, ग्रकाशवाणी केन्द्र में तीन सौ मिलेंगे। मैं सिफारिश कर दूंगा। वह ऊपर चढ़ जायेगा, मैं ठेल दूंगा। गीतों के उसके संकलन छप जायेंगे, मैं दुर्गा बाबू पर ज़ोर डालूंगा···मूल्यांकन जल्दी तैयार करो!

(ग्रागे ग्रब ग्रौर कौन-सा ग्रभिनन्दन-ग्रन्थ तैयार होगा?

(ग्रागे ग्रब ग्रौर किसका ग्रभिनन्दन किया जायेगा?

(महाकवि, तुम भी तो पचास वर्ष पूरे कर चुके!

(हाँ, यह बावनवाँ चल रहा है। दो वर्ष पहले ही मेरा ग्रभिनन्दन हो चुका है, यानी ग्रपना अभिनन्दन मैं आप ही कर चुका हूँ···।

(दो वर्ष पूर्व मेरा पाँचवाँ पुत्र पैदा हुग्रा था। उसका नाम ही मैंने ग्रभिनन्दन रख दिया···।

(ग्रभिनन्दन बेटा है मेरा ··मैं ग्रभिनन्दन का बाप हूँ!)

—अभिनन्दन जागता है?

—नहीं, अभिनन्दन सो गया है।

—सो गया है शैतान ?

—नहीं, शैतान तो जागता है, मगर अभिनन्दन सो गया है।

—यानी, वह सो भी गया है और जाग भी रहा है ?

—कौन ? अभिनन्दन ?

—अभिनन्दन नहीं, हमारे बाबूजी।

—यानी, ऑनरेबुल मिनिस्टर नरपतनारायण सिंह···!

पत्नी ने उधर डाँटा—आज क्या हो गया है तुमको ? ज्यादा चढ़ा गये थे क्या ? खाना नहीं खाओगे ?

आँखें चढ़ी थीं। पलकों पर भारीपन हावी था और तनाव दृष्टि में बाधक हो रहा था।

खाना सामने आया। मृगांकजी रोटियाँ छोड़कर पहले तो कटोरा उठाकर दाल पी गये, पीछे साग-सब्जी पर टूट पड़े।

अभिनन्दन की माँ हँसने लगी।

अभिनन्दन के पिता भी हँसने लगे।

—दो निमन्त्रण-पत्र मेरे लिए और ला देना।

—क्या करोगी ?

—करूँगी क्या, अचार डालूंगी !

—अचार ही ले आओ, दाल-साग जब नहीं है···।

इस पर देवीजी ठठाकर हँसीं। हँसते-हँसते कहा—नशे की झोंक में इस वक्त तुम अचार का मर्तबान खाली कर दोगे···।

हाथ पकड़कर जबरन उठा दिया और हाथ-मुंह धुलाकर पलग पर लेटा आयीं।

बाहर का कौन ऐसा आगतुंक है जिसको ठहराने के लिए अलग व्यवस्था करनी होगी ?

— पाठकजी ने सोचा और बार-बार सोचा, लेकिन कोई नाम याद नहीं आया। माननीय घासीराम राजा साहब के साथ ठहरेंगे, रामसागर बाबू भी वहीं ठहरेंगे। महन्तजी रामलखन दास की ठाकुरबाड़ी में आसन जमाये हुए हैं। अग्रवाल को सेठ पूनमचन्द अपने साथ ले गया है। बजारिया की तो खैर यहाँ ससुराल ही है।

—और कौन आयेगा बाहर से ?

—कोई तो नहीं।

योगमाया आयी थी, वह अपने पिता के साथ ठहरी थी, एम० एल० ए० फ्लैट में। इन दिनों वह एक झमेले में पड़ गयी थी। 'बुनियादी शिल्पशाला' के नाम पर पचास एकड़ ज़मीन रेवेन्यू डिपार्टमेन्ट की मेहरबानी से पहले ही मिल चुकी थी, करमौली के रायसाहब की काफी धरती गैर-आबाद पड़ी थी। 'शिल्पशाला' के बिलकुल करीब थी। अब बाज़ार के एक प्रमुख सेठ ने पाँच एकड़ और ज़मीन संस्था के नाम रजिस्ट्री कर दी। पाठकजी के आश्वासन पर उसने सिनेमा-हाउस तैयार करवा लिया था कि बस लाइसेन्स जब चाहो तभी मिल जायेगा। देखादेखी दूसरे सेठ ने भी सिनेमा के लिए भारी-भरकम हॉल बनवा लिया। 'रंजना' जैसा चटकीला नाम भी उसे जाने कहाँ से मिल गया, चार ही महीने के अन्दर लाइसेन्स भी मिल गया। पहले सेठ ने अब शिल्पशाला को दी हुई ज़मीन वापस लेनी चाही। पाठकजी साफ मुकर गये।

विरोधी दल के कार्यकर्त्ताओं ने पहले सेठ का साथ दिया। जमकर पर्चेबाज़ी हुई। अखबारों में दोनों ओर से आरोप-प्रत्यारोप चले···।

बुनियादी शिल्पशाला की काफी बदनामी हो रही थी। आखिर सर्वोदयी नेताओं ने बीच-बचाव किया और इस प्रकार समझौते का दरवाज़ा अब खुलने ही वाला था। यूँ पाठकजी का रुख दृढ़ था···सार्वजनिक जीवन में न तो निन्दा से घबराने की ज़रूरत है, न प्रशंसा से फूलने की। अपनी आत्मा की आवाज़ को सुनो; बस, अपनी ही आत्मा की···और, संस्था के हित के लिए तो सब कुछ करना चाहिए !

—हां, सब कुछ करना चाहिए। मगर···।

—अगर-मगर कुछ नहीं बेटी, बस अपना काम किये जाओ।

—राह चलना मुश्किल हो उठा है, पिताजी!

—इसका मतलब ? बापू की आत्मकथा एक बार और पढ़ो!

—नहीं, सेठ सुगनचन्द के लिए आपको कुछ करना ही होगा।

—क्या करना होगा ?

—न सही सिनेमा का लाइसेन्स, कोल्ड स्टोरेज का लाइसेन्स तो आखिर मिले बेचारे को!

—और अगर सरकार उस हॉल को गोदाम के तौर पर किराये पर ले ले ?

—वाह, यह तो और अच्छा रहेगा।

—ठीक है, मैं बाबूजी से कहूँगा। कल नहीं, परसों।

—करवा तो देंगे वह! कौन-सा मुश्किल काम है!

—मुश्किल तो नहीं है···।

—बाबूजी भी तो आपसे काम लेते हैं; नहीं लेते हैं ?

(हाँ भई, लेते हैं। आदमी एक-दूसरे से काम नहीं लेता है ?

(ज़रूर लेता है, ज़रूर लेगा···।

(लेकिन सेठ सुगनचन्द को तुम कैसे भूल गये ? 'रंजना' के मालिक रामरूप जायसवाल की तरफदारी आखिर तुमने क्यों की ?

(चुन्नू छोटा नागपुर में टैक्निकल कोर्स पूरा कर रहा है। दो वर्ष हो गये, दो वर्ष बाकी हैं। जायसवाल शुरू से चुन्नू को डेढ़ सौ रुपये प्रति मास दे रहा है, अब दो सौ दिया करेगा···।

(अच्छा, ऐसी बात थी ?

(हाँ, यह भी मेरे लिए बुनियादी विकास का सवाल था।

(और बुनियादी शिल्पशाला की यह बदनामी ?

(वाह, इतना कौन याद रखता है! हिन्दुस्तान की जनता भुलक्कड़ तो है ही, वह क्षमाशील भी है···।

(क्या वह आगे भी तुम्हें क्षमा करती जायेगी ?

(क्या वह आगे भी अपना अपमान भूलती जायेगी ?

(क्या चुनावों में हमेशा तुम जीतते ही जाओगे ?

(क्या अपनी ही खुशहाली पर तुम्हारा ध्यान केन्द्रित रहेगा ? अवाम की पामाली क्या तुम्हारे होंठों पर ही थिरका करेगी ?)

देर तक पाठकजी गुमसुम बैठे रहे। आराम करना चाहते थे। ईज़ी चेयर लेकिन आराम नहीं पहुँचा रही थी। जाने क्या-क्या सोच रहे थे !

योगमाया का तीनसाला लड़का खिलौनेवाली कार लेकर नाना के सामने आया। चाबी भरकर उसने कार छोड़ दी।

सर्र र्र र्र र्रऽऽऽऽऽ···!

कार सरसराती हुई निकल गयी।

आरामकुर्सी के पायों के बीचोंबीच होती हुई आगे निकल गयी कार—उस मुखर गति ने नाना की चेतना को अवचेतन की खोह में से बाहर निकाल लिया।

नाना मुस्कराकर नाती को देखते रहे। क्षण-भर बाद बोले—बहुत अच्छे !

फिर कहा—ला, मैं चाबी भर दूं !

—नहीं—बच्चा ठुमककर बोला—आप छे नयीं ओगा (आप से नहीं होगा)।

पाठकजी को हँसी आ गयी—नहीं होगा मुझसे ?

—ऑं, नयीं ओगा आप छे ! आप तोल देंगे···।

पाठकजी हँसते रहे। मन ने कहा—मैं विधायक हूँ, प्रादेशिक सरकार का विधाता···मुझसे क्या नहीं होगा ?

राजधानी में राजा साहब के पाँच मकान थे। पाँचों भाड़े पर लगे थे। एक और आलीशान मकान तैयार हो रहा था।

नया मकान किसी भी हालत में किराये पर नहीं उठाया जायेगा। फिलहाल राजा साहब नगर के सर्वश्रेष्ठ होटल में विराजमान हैं, तीन बड़े कमरे ले रखे हैं—एक सप्ताह के लिए।

रात के चार घंटे, ग्यारह बजे तक, वह रायजी को अपनी नयी किताब सुनाते रहे। अन्दर ही अन्दर वह पछता रहे थे कि नाहक राजा साहब के साथ आ गये। पोथा सुनना क्या था, बोरियत की पराकाष्टा थी। आदिवासी क्षेत्र को आधार बनाकर यह पाण्डुलिपि तैयार की गयी थी। पचासों गीत अनूदित करके उसमें ले लिए गये थे। लोक-कथाओं का भी खुलकर इस्तेमाल किया था। समाज-विज्ञान, नृतत्त्व-विज्ञान, मनो-विज्ञान···क्या नहीं था उसमें ? उपन्यास, यात्रा-वृत्तान्त और आत्मकथा की यह त्रिवेणी काफी स्थूलकाय हो गयी थी। आचार्य स्नेहशरण और महाकवि मृगांक ने मिलकर इसके लिए नाम चुना था—'श्याम-सुन्दर : आदिमानव'। राजा साहब धर-पकड़के लोगों को सुनाया करते थे। एक बार जो गिरफ्त में आ गया उसे चार घंटे से कम में छुटकारा नहीं मिला। लोग थे कि कतराते थे, राजा साहब थे कि श्रोता को चाँप बैठते थे।

रामसागर बाबू ने पिण्ड छुड़ाने की व्यग्रता में कहा—पब्लिकेशन डिवीज़न यदि इसे प्रकाशित करे तो ?

—आप तो साहब दिल्ली रहते ही हैं !—राजा साहब ने कहा और चश्मा हाथ में ले लिया।

—करूँ कोशिश ?

—भला यह भी कहने की बात है !

—राष्ट्रभाषा अकादमीवाले नहीं छापेंगे ?

—अजी साहब, छाप तो मैं खुद भी सकता हूँ। सवाल छपने, न छपने का नहीं है, रेपुटेशन का सवाल है···।

—रेपुटेशन ?

—हाँ, साहब, रेपुटेशन ! मशहूर प्रकाशक आपकी किताब छापे तो रातोंरात आपके कदमों की छाप शिकागो के आसमान में जगमगाने लग

जाये ! दिल्ली तो इन दिनों केन्द्र हो रहा है हिन्दी प्रकाशन का, ग्राप देख नहीं रहे हैं ?

—तो, चलिए न एक बार दिल्ली !

—एक बार ? मैं तो बीस बार दिल्ली जाऊँ···आप चलकर पहले हवा तो बाँधिये रायसाहब, यूँ ही काम हो जायेगा ?

क्षण-भर के लिए रामसागर बाबू चुप रहे, फिर ग्राँखें चमक उठीं ग्रौर मुस्कान से होंठ खिल गये।

—क्या बात है ?—राजा साहब ने पूछा।

रामसागर बाबू बोले—किताब की कीमत पन्द्रह रुपये से कम तो क्या बैठेगी ? चित्र ग्रौर चार्ट आदि भी तो रहेंगे न ? पाँच सौ प्रतियाँ भी ग्रगर लाइब्रेरियों में खप जायें, यानी इस बात का पक्का ग्राश्वासन मिले तो दिल्ली का कोई भी ग्रच्छा प्रकाशक तैयार हो जायेगा। हम क्या इतना भी नहीं कर सकते ? पुस्तकालय विभाग का सुपरिण्टेण्डेण्ट हमारे लिए क्या इतना भी नहीं करेगा ?

खुशी के मारे ग्राठ बीड़े, मगही पान के, ग्रन्दर चले गये ग्रौर राजा साहब का मुखमण्डल परिपूर्ण होकर अनूठी ग्राभा बिखेरने लगा।

ग्रब ग्रौर कोई काम शेष नहीं था। बस, खाना खाकर पलंग पर लेट जाना था।

रामसागर बाबू ने साढ़े चार घंटे बाद मुक्ति की साँस ली ग्रौर लंगी निकालने के लिए ग्रटैची की ओर बढ़े।

रामनिरंजन ग्रग्रवाल ग्रौर पूनमचन्द झंझानिया उस रात देर तक जागते रहे।

थैलीं के लिए इकहत्तर हज़ार की रकम जैसे-तैसे वे जुटा चुके थे। धर्मराज सिंह ने इसमें से ग्यारह हज़ार ही जमा करने का भार लिया था, सो वह पिछले महीने ही जमा कर दिया था।

अग्रवाल और झंझानिया को छोटा नागपुर का एक चक्कर और लगाना पड़ा था, तब जाकर इकहत्तर हज़ार की थैलीवाली यह रकम जमा हो सकी थी।

—छोटे-छोटे ठेकेदार तो रो पड़ते हैं अब !

—अजी, राम का नाम लीजिए पूनमचन्दजी, आप भी धोखे में पड़ जाते हैं न !

—नहीं अग्रवाल साहब, बड़े-बड़े कंट्राक्टरों की बात कहाँ करता हूँ ! उनकी समझ में तो यह चन्दा-फन्दा भी एक किस्म का इन्वेस्टमेण्ट है। लेकिन छोटे ठेकेदार कलप जाते हैं।

—मैं तो बड़ी हैसियतवालों को ही पकड़ता हूँ।

—आप स्वयं भी तो भारी हैसियतवाले हैं।

ठीक ही तो कहते हैं सेठ पूनमचन्दजी। अभी दो-तीन वर्ष पहले युनिवर्सिटी के जुबली समारोह में अग्रवाल साहब ने पचास हज़ार दिये थे। दो लाख औरों से दिलवा दिये थे। विभिन्न संस्थाओं को अब तक वह लाखों दे चुके हैं और करोड़ों दिलवा चुके हैं।

दो कटोरियों में आध-आध पाव मलाई आयी दोनों के लिए।

झंझानिया मलाई चाटते-चाटते बोले—अब थैली-वैली का यह झमेला बन्द होना चाहिए साहब, क्यों ?…आठवाँ मिनिस्टर है यह जिसका अभिनन्दन कर रहे हो आप, क्यों सा'ब ?

मलाई खत्म करके अग्रवाल ने कहा—दस वर्ष बाद जो मिनिस्टर होगा उसे थैली नहीं मिलेगी।

'क्यों सा'ब ? दस साल बाद किसी को थैली नहीं मिलेगी ? किसी का अभिनन्दन नहीं होगा क्या ?

—ब्रिटेन, अमेरिका और रूस में आज भी मिनिस्टर को न थैली ही दी जाती है, न अभिनन्दन ही होता है उसका। लेकिन हमारे देश में यह नाटक दस वर्ष अभी और चलेगा। अभी तो खैर हमारे व्यापारी समाज

को भी यह सब अच्छा ही लगता है। नहीं लगता है अच्छा? पूनमचन्दजी, मैं झूठ कहता हूं?

—व्यापारी का क्या कसूर है, अग्रवाल साहब? हमारा व्यापारी समाज तो सर्वोदय को अपना आदर्श मानता है। सबका उदय होगा तो हम भी ऊपर उठेंगे न? हम किसी को नाराज़ नहीं करते हैं। काँग्रेसी, सोशलिस्ट, प्रजा समाजवादी, कम्युनिस्ट, जनसंघी, स्वतन्त्र पार्टी वाले··· कौन नहीं हमसे चन्दा ले जाता है? बन्दरों को चने हम खिलायें, चींटियों को चीनी हम चटायें, कबूतरों को दाना हम डालें···किसको हम 'ना' करते हैं! आपने जब जहाँ इशारा किया, हमने दस-पाँच हज़ार डाल दिये। नहीं साहब?

—तभी तो बरकत हुई है! आज आपकी दो मिलें हैं चीनी की, लोहा और सीमेन्ट का कारोबार है। शुगर-इण्डस्ट्री की टेक्निकल स्टडी के लिए अपने बड़े लड़के को आपने बाहर भेजा है। पिछले साल कारखाने में हड़ताल हो गयी तो सरकार ने आपके उद्योग की ही नहीं, सम्मान की भी हिफाज़त की थी। आधा दर्जन सरकारी-गैरसरकारी कमेटियों के आप मेम्बर हैं। विनोबा आये थे तो आपके काश्तकारी गाँव में भी उनका एक पड़ाव पड़ा था, दो रोज़ के लिए आपकी वह अमराई देशी-विदेशी संवाददाताओं का चेतना-केन्द्र बन गयी थी···।

—और आपकी भी तो बरकत हुई होगी?

—बेशक! मेरी ही नहीं, आपकी ही नहीं, देश में जितने भी बनिये हैं सभी को लाभ पहुँचा है। सभी की तरक्की हुई है। यूं, हमारे वर्ग में भी रोने-झींकनेवालों की कमी नहीं है, लेकिन आज कौन व्यापारी कहेगा कि वह अनाथ है, बे-आसरा है?

—लेकिन कल क्या होगा?

—सुनिए सेठ पूनमचन्दजी, कल भी हम अनाथ और बे-आसरा नहीं होंगे। भविष्य से घबराने की ज़रूरत नहीं···कल भी हमारी मौज थी, आज भी हमारी मौज है, कल भी मौज रहेगी और परसों भी···।

—मौज नहीं, खाक ! लगता है, हड़तालों से आपका वास्ता अभी नहीं पड़ा !

पूनमचन्दजी की इस बात पर अग्रवाल को हँसी आ गयी। अभी पिछले महीने ससुर के प्रेस में हड़ताल हो गयी थी। बारह रोज़ अखबार बन्द रहा। सम्पादकों में दो मालिकों की तरफ थे, पाँच हड़तालियों की तरफ। अग्रवालजी की राय से ससुर महोदय ने नाम बदलकर नया अखबार निकाल दिया। दैनिक 'लोकवाणी' अब दैनिक 'जनवाणी' हो गया। लेबर डिपार्टमेंट ने अधिक-से अधिक यही किया कि मामले की सुनवाई के लिए तीन आदमियों की पंचायत मुकर्रर कर दी···ससुरजी को थोड़ी परेशानी ज़रूर हुई, मगर 'प्रेस्टिज' कायम रही। फिलहाल नुकसान तो हड़तालियों का ही हुआ।

सेठ रामनिरंजन अग्रवाल उदीयमान नेशनल बूर्जुआ' थे, कम्युनिज़्म को हौआ नहीं मानते थे। सेठ पूनमचन्द उनसे ठीक उल्टे थे। अग्रवाल नेहरू और मेनन का समर्थन औपचारिक तौर पर नहीं, सैद्धान्तिक तौर पर करते थे; नेहरू के प्रति उनके हृदय में आस्था भी थी, स्नेह भी था। झंझानियाजी हनुमानजी को अपना इष्टदेव मानते थे। आधुनिक नेताओं में गुरु गोलवालकर ही उनकी श्रद्धा और प्रीति के पात्र थे। अखबारों में वह दो ही के कायल थे—दैनिक 'विश्वमित्र' और 'पांचजन्य' के।

माँ ने अन्दर से बुलवा लिया तो झंझानियाजी उठ गये।

अग्रवाल सो गये।

आठ बजे दिन

समारोह-समिति की मीटिंग ।
चालू सड़क का रोड-साइड । अजन्ता रेस्तराँ…।
नौ कुर्सियों से घिरी हुई बड़ी-सी गोल मेज़ । कॉफी के प्याले ।
तश्तरी में पान और ज़र्दा । गोल्ड फ्लेक का टिन । माचिस ।
ऊपर—सचल सीलिंग फैन की हवा और खसखसाहट…।
नीचे—पक्का फर्श, आराम करती हुई जूतियाँ और चप्पलें…।

ललनजी (उलझे बालों में उँगलियाँ फेरते हुए मृगांकजी से)—आज का अखबार देखा न ?

मृगांक (सिगरेट का धुआँ छोड़कर)—'लाइट' भी देखा है, 'दीपक'

भी देखा है (आँखें फैला देता है) खूब फ्लैश करके छापा है···।

मंजुमुखी देवी (मुस्कराती ही रह जाती है)—हूँ···।

गोपीबाबू (पूनमचन्द की तरफ देखकर)—शामियाने की तो ज़रूरत नहीं पड़ेगी, सेठ ?

पूनमचन्द (निगाहें अँगूठियों के नगों पर टिकी हैं)—छोटे फंक्शन हॉल में ही जमते हैं···कहीं शामियाना रद्दी हुआ तो सारा गुड़ गोबर हो जाता है !

गोपीबाबू (ऊँची आवाज़ में)—माफ कीजिए सेठजी, अभी आपने शामियाना देखा ही कहाँ है ! (व्यंग्यपूर्ण हँसी)

पूनमचन्द की ओर देखकर सभी हँसते हैं। देवीजी हँसते-हँसते मुंह पर हथेली रख लेती हैं। पूनमचन्द हतप्रभ होकर टिन से सिगरेट निकाल लेता है···।

मृगांक (उठकर माचिस लेता है)—लीजिए, मैं जला दूं, पूनमचन्द जी। (सेठ की सिगरेट से जलती तीली छुआकर) बात यह है कि अच्छा शामियाना हो तो सचमुच फंक्शन में चार चाँद लग जाते हैं···दरभंगा में हम एक बार किसी समारोह में, शायद ओरियंटल कान्फ्रेंस में, शरीक हुए थे···अब मैं आपसे क्या बतलाऊँ, सेठ पूनमचन्द, कि महाराजा ने कैसा शानदार शामियाना उस कान्फ्रेंस के लिए खड़ा करवाया था !

राय जी (घड़ी की तरफ नज़र, कलाई उठी हुई)—यह आप लोग अच्छा पचड़ा ले बैठे ! अरे बाबा, अब कौन पूछता है इन चीज़ों को ? रियासतें खत्म हुईं, ज़मींदारी प्रथा का उन्मूलन हुआ, देखते नहीं हैं आप ? (मृगांकजी की ओर देखता है।)

कुछ क्षणों का सन्नाटा। सभी मानो दृष्टिशून्य नेत्रों से क्रमशः और साथ-साथ इधर-उधर देखते हैं। कोई किसी से नज़र नहीं मिला पाता। ब्वाय का प्रवेश—

ब्वाय (इज़ारबन्द के लटकते छोर को उँगली में लपेटता है, और खोलता है, फिर लपेटता है, फिर खोलता है···)—सरकार ! (ललनजी

की कुर्सी के पीछे खड़ा होकर) ए गो बाबू ग्रापको चाल पाड़ते हैं, उनको यहीं ले ग्रावें हजूर ?

ललनजी—नहीं, नहीं ! (उठकर खड़े हो जाते हैं, पैर चप्पलें टटोलते रहते हैं) चल, मैं ग्रभी ग्राया··· उनको बैठा दे···।

रायजी (उतावली में)—ललनजी, ग्रभी सारा काम पड़ा है ग्रौर आप जा रहे हैं !

ललनजी (चलते-चलते ठमक जाते हैं)—नहीं रायजी, एक भी काम पड़ा नहीं है। सब-कुछ कम्पलीट है। अभिनन्दन-ग्रन्थ छप ही गया··· साहित्य-वाचस्पति राजा रेवतीरंजन सिंह परसों शाम को ही ग्रा गये। केन्द्रीय मन्त्री माननीय घासीराम जी फ्लाई कर चुके हैं, उनका प्लेन ठीक साढ़े बारह बजे एरोड्रम पर आ धमकेगा (कलाई उठाकर टाइम देखता है) ग्राठ पैंतीस···बारह बजे सेठजी की कार से हम तीन-चार जने निकलेंगे, घासीरामजी को ले ग्रायेंगे···पार्टी-वार्टी का सारा इन्तज़ाम महन्तजी, देवीजी ग्रौर डुमारिया के कुमार प्रद्युम्नप्रसाद नारायणसिंह कर ही चुके हैं···प्रचार विभाग मेरे ज़िम्मे है ही···इसके बाद जो भी कुछ कोर-कसर रहेगी सो आप दोनों हमारे नये-पुराने नेता यहाँ मौजूद ही हैं··· (समर्थन की आशा में मृगांक की तरफ रुजू होता है) क्यों मृगांकजी, मैं ठीक कह रहा हूँ न ?

मृगांकजी (सिगरेट के टिन पर झुककर)—बिलकुल ठीक ललनजी, एकदम ठीक !!

मंजुमुखी देवी (ढेर-सा मुस्कराकर)—मगर ग्राप ग्रभी भाग नहीं सकते (आँखें फैला देती है)। सिर्फ दो मिनट की मुहलत मिलेगी···।

ललनजी (माथा झुकाकर)—एक मिनट ग्रौर दीजियेगा ! (हँसते हैं) बस, मैं ग्रभी ग्राया, देवीजी !

फैशन की दृष्टि से युवती, उम्र के लिहाज़ से परम प्रौढ़ा—मंजुमुखी देवी, एम० एल० सी। खादी की साड़ी, नागपुरी किनारियों वाली। सादा सफेद ब्लाउज। चौड़ा चेहरा, कमलपत्री आँखें, ऊँची नाक। गेहुँआ सूरत। काले बालों का जूड़ा।

—मृगांकजी !

—जी ! फर्माइये !

—बहुत दिनों से ग्रापने कुछ सुनाया नहीं !

—हँ···हँ···इधर लिखना छूट-सा गया है···।

—फिर भी एक-ग्राध चीज़ सुनाइये न !

खि खि खि खि···पूनमचन्द ग्रौर गोपीबाबू खीसें निपोर-निपोरकर हँसते हैं। निगाहें एक-दूसरे से उलझती हैं ग्रौर मिल-जुलकर देवीजी तथा मृगांकजी को छू ग्राती हैं। बीच-बीच में ग्रशिष्ट इंगितों के सतर्क गोपन उन निगाहों में एक अजीब-सी चमक भरते रहते हैं।

—सुनाइये न, मृगांकजी !

—दयाल बाबू, सुना जाये ज़रा···।

—रामसागर बाबू, ग्राप भी !

—जी हाँ···।

—मैं गगन की नीलिमा को पी गया हूँ,
चाँद मेरा क्या करेगा ?
पा गया हूँ
प्राण तेरे प्रेमघन की चन्द बूँदें,
सृष्टि का संताप मेरा क्या करेगा ?
मैं गगन की नीलिमा को पी गया हूँ,
चाँद मेरा क्या करेगा ?

—वाह ! वाह ! वाह ! वाह !

—क्या खूब···क्या खूब···क्या खूब !!

—ग्राप तो कहते थे, लिखना छूट गया है ?

—कहिये दयाल बाबू, इनका लिखना छूट गया है ?

मृगांक का कवि जीवित है, सभी मान गये। मान गये और टिन का ढक्कन खोलकर गोपी बाबू ने सभी को सिगरेट ऑफर की, ख़ुद को भी। मंजुमुखी देवी ने पानवाली तश्तरी से सुपारी का एक निहायत छोटा-सा बल्कि चने की दाल का हमवज़न टुकड़ा उठा लिया। जलती सिगरेटों से धूम्रवलय उठ-उठकर पंखे की हवा पर निछावर होने लगा।

नान ननेना ना ननेना—सेठ पूनम नाक के स्वर में गुनगुना रहे थे—नान नेना ना ननेना, यानी चाँद मेरा क्या करेगा···!

ललनजी को निकले पन्द्रह मिनट हो गये थे।

—आप लोग हैं ही, मैं ज़रूरी काम से जा रही हूँ।

—ज़रूरी काम ? कौन-सा ऐसा काम आ पड़ा है ?

—लखनऊ से मँझली बहू की भावज आयी है, आज उसे सर्जन को दिखलाना है, दयाल बाबू।

तो देवीजी चली गयीं। ललनजी को और भी विलम्ब हुआ।

आखिर साढ़े नौ बजे बैठक अपने-आप बर्खास्त हो गयी···।

बारह बजे

शाम को आज उनकी संवर्द्धना थी, बाबूजी नरपति नारायणसिंह—माननीय मालमन्त्री महानुभाव—अपनी इकहत्तरवीं वर्ष-गाँठ के अवसर पर पुराने एलबम देख रहे थे।

विशाल सरकारी बँगला।

कलापूर्ण ढंग से सुसज्जित यह स्टडी-रूम।

सोफा-सेट, द्वार और रोशनदान आदि के कवर व पर्दे ऐसे थे, कि सुरुचि पर सादगी कुर्बान थी, सादगी पर वैभव का उल्लास निछावर था। जुड़े हाथों वाले बापू का प्रसन्न-गम्भीर चित्र समूचे परिवेश पर छा रहा था···।

भागलपुरी तसर का कुर्ता, खद्दर की श्वेत-शुभ्र धोती। चंदल माथा। खूबसूरती को बुढ़ापा अच्छी तरह पी चुका था, फिर भी महीन-छँटी मूंछें,

बावजूद अपनी सफेदी के, सादे-चिकने गेहुआँ गालों को पानीदार बनाय हुए थीं। मामूली आँखें, नुकीली नाक, बड़े-बड़े कान।

रजत-जयन्ती तो नहीं, दस साल पहले स्वर्ण-जयन्ती ज़रूर मनायी गयी थी। और अब यह होरक महोत्सव सामने था। बाबूजी काफी खुश नज़र आ रहे थे।

दायीं ओर तिपाई पर दो एलबम पड़े थे। एक को उन्होंने सामने कर लिया।

उलटने पर फोटों में दुबला-पतला नौजवान निकल आया—यह कौन है? नरपत, तुम्हीं तो हो!

पचपन वर्ष पहले मैट्रिक पास किया था, सेकिंड डिविजन में। बंगाली फोटोग्राफर गमलों में करोटन के पौधे रखता था। एक टहनी का छाया-चित्र वह क्या उचक रहा है···दादा की नीयत थी, बबन ज़िला-अदालत में मुख़्तारगिरी करे। बाबूजी की इच्छा थी, कलकत्ता रहकर बबन बी० ए० कर ले और पीछे भगवान की मर्ज़ी होगी तो मुन्सिफ या सदर-आला हो जायेगा। नाना की नज़रों में बड़ी लाइन के जंकशन का बड़ा बाबू होने पर ही बबन का इहलोक-परलोक सुधर सकता था। मगर बबन को तो जनता के जीवन में घुल-मिलकर अपना सर्वस्व देशमाता के चरणों में अर्पित कर देना पड़ा, पराधीन भारत की वह दुर्दशा भला बबन से बर्दाश्त होती?

बाबूजी ने फोटोवाला वह पेज उलट दिया। अब ग्रुप-फोटो सामने था। कलकत्ता के एक गैर-सरकारी कालिज का प्रांगण। सात खास छात्रों की यह मण्डली उस विद्या-केन्द्र की प्रतिष्ठा का अन्यतम प्रकाश-स्तम्भ थी—दाढ़ीवाले प्रिंसिपल घोषाल आगे बैठे हैं। उनसे सटकर पीछे सात लड़के खड़े हैं···अपनी जवानी को सामने साकार पाकर बाबू साहब का चेहरा खिल उठा। बंग-भंग के खिलाफ जनता का वह तूफानी आन्दोलन दिमाग में नाच गया तो माननीय मन्त्री की झुकी रीढ़ सीधी हो गयी।

फिर लॉ की डिग्री, बी० एल्०। दो सहपाठियों के साथ नरपत बाबू

की वह वही छवि थी जो कन्वोकेशन के बाद खिचवायी गयी थी।

तत्पश्चात् प्रादेशिक युवक सम्मेलन, अखिल भारतीय हिन्दी साहित्य सम्मेलन, आल इण्डिया कांग्रेस का सालाना अधिवेशन, आदि अवसरों पर साथियों के साथ खिचवाए हुए फोटो जल्दी-जल्दी में उलट गये।

अब आँखों के आगे थीं दिवंगत पहली पत्नी शिवकाशी देवी, बहुत बड़े खानदान की इकलौती लड़की। गहरी साँस खींचकर बाबूजी मन ही मन बोले—कितनी मिठास थी स्वभाव में तुम्हारे ! सन् १६२२ में नगेन्दर पैदा हुआ और तीन वर्ष बाद ही तुम हमें छोड़ गयीं !

तीन-चार पेज पलटने पर दूसरी पत्नी रामकली देवी से साक्षात्कार हुआ। इनसे बाबूजी की सदैव अनबन रही। गत वर्ष आपका देहान्त हो गया। रामकली देवी के शील-स्वभाव की मीमांसा कर ही रहे थे कि मन्त्रीजी को शीतलगढ़ की विधवा रानी भुवनमोहिनी का स्मरण हो आया। उनका फोटो एलबम में तो स्थान नहीं पा सका, मगर हृदय-कमल के कुंजलक पर सिवा उसके दूसरी है ही कौन···?

क्षण-भर के लिए नरपत बाबू ने आँखें मूंद लीं, अलबम को अलग रख दिया। रानी के सिलसिले में सोचना चेतना को सुख पहुँचा रहा था।

भुवनमोहिनी—मुंदी आँखों की पलकों का स्पन्दन भला कम क्यों होता ?

भुवनमोहिनी—दिनांत की प्रलम्बित छाया अपने छोर भला दिगंत तक क्यों न पसारती !

भुवनमोहिनी—पावस की कौंधती बिजली भला महामेघ के नेपथ्य को बेदाग क्यों छोड़ती !

सहसा बाबूजी की पलकें खुलीं। पास ही दूसरी तरफ तिपाई पर नौकर पान की डिब्बी रख गया था। मगही पान के चार बीड़े उन्होंने चाँदी की उस नफीस डिबिया से निकाल लिए। अन्दर गाल का दबाव पड़ा तो बीड़ों को राहत ही मिली। पड़ोसी प्रदेश के मुख्य-मन्त्री ने उड़ीसा

के स्वर्णकारों की कला का जो प्रतीक[सौगात के तौर पर भेजा था; सोने की कलीनुमा वह डिब्बी लखनवी ज़र्दे से भरी पड़ी थी। देखने में आधा अँगूठा जितनी; कील दबाते ही फट से खुल गयी। ज़रा-सा ज़र्दा बाबूजी ने मुंह के हवाले किया···।

उगालदान में पीक डालते हुए बाबूजी ने सोचा—सन् १९४२ में जेल से छूटने पर मुकदमे की पैरवी के लिए न पुरुलिया जाना होता, न रानी के भाई से जान-पहचान हुई होती। वीरविक्रमसिंह बहादुर देव, रानी भुवनमोहिनी का भाई। पुरुलिया से वह कैसे मुझे चक्रधरपुर ले गया और कैसे फिर हम शीतलगढ़ पहुँचे। रानी की एकमात्र सन्तान बारहसाला लड़की घुड़सवारी-दुर्घटना में बुरी तरह घायल होकर चार रोज़ बाद मर गयी थी। पुत्री के शोक में माँ के भी मरने का अंदेशा था। मैंने रानी के भाई से कहा—देखते क्या हैं ! ले चलिए इन्हें पुरी के समुद्रतट पर, महीने-दो महीने में स्वस्थ हो जायेंगी···आखिर मुझे भी साथ जाना पड़ा···कुमार वीरविक्रमसिंह, स्टेट के काम से शीतलगढ़ लौट आये। रानी के मानस-उपचार की सारी ज़िम्मेदारी अब मुझ पर ही आ पड़ी थी···।

छः साल—१९२४ से लेकर १९३० के आरम्भ तक नरपत बाबू राजा थे और भुवनमोहिनी रानी। छोटा नागपुर के शहरों में जुपीटर इंश्योरेन्स कम्पनी का काफी नाम था। नरपत बाबू कम्पनी के मैनेजिंग डाइरेक्टर थे। डेढ़-दो साल के लिए खानों की मैनेजरी भी की थी।

बाबूजी के लिए रानी ने दो तिमंज़िला मकान पुष्पपुर महानगरी के 'अगम कुआँ' एरिया में बनवा दिये थे। लगभग डेढ़ लाख लागत की वे कोठियाँ दूर से ही जगमगाती थीं। हर महीने पन्द्रह सौ का भाड़ा आ रहा था, केन्द्रीय और प्रादेशिक सरकारों के कई दफ्तर इन कोठियों में उठ आये थे।

नरपत बाबू जेल में थे कि रानी चल बसीं···।

देर तक दिमाग पर रानी छायी रही।

बाबूजी ने फिर एलबम उठा लिया। १९३३ के अन्त में जेल से छूटकर आने पर जनता ने मालाओं से लाद दिया था। टोपी की नोक और नाक से ही अब कोई पहचान ले, तो हो सकता है। उक्त अवसर के तीन-चार फोटो और भी थे।

दो वर्ष बाद प्रदेश के उत्तरी इलाकों में ज़ोरों की बाढ़ आयी। सैकड़ों गाँव डूब गये। खेतोंवाले मैदान डेढ़-दो हफ्ते जल-प्रलय के लीला-निकेतन बने रहे। सेवा-कार्य के लिए केन्द्रीय रिलीफ कमेटी संगठित हुई। लाखों मन अनाज, हज़ारों थान कपड़ा, पन्द्रह लाख से ऊपर नकद रकम, दवा की बोतलों से भरे सैकड़ों बक्स और जाने क्या-क्या सामान··· कैम्प के कैम्प भर गये। बम्बई, कलकत्ता, कराची, अहमदाबाद··· जाने कहाँ से मददगारों की टोलियाँ आ धमकीं। कमेटी का जनरल-सेक्रेटरी होने के नाते नरपत बाबू ने लोकसेवा में एक नयी परम्परा की शुरुआत की। कार्यकर्ताओं को इस बात का प्रशिक्षण मिला कि अपढ़ देहातियों को पाँच की रकम दो तो दस वाले रुक्के पर अँगूठे का निशान लो, तीस दो तो पचास का रुक्का बनाओ।

लोकसेवा का व्रत जिनकी रग-रग को सोख चुका है, जिनके जीवन का दीप हमेशा औरों के लिए जलता रहा, ऐसे कार्यकर्ता निर्लिप्त भाव से यदि सार्वजनिक निधि में से सौ-पचास लेते चलें तो इसमें बुराई कैसी ?...सहायता समिति के कर्मचारियों के खिलाफ भ्रष्टाचार के आरोप अदूरदर्शी आलोचकों ने लगाये ज़रूर, किन्तु बाबूजी ने मुस्कराकर सभी को चुप कर दिया था। यह मुस्कान ही तो थी जिसके चलते नरपत बाबू 'सिर से पैर तक मिठास-भरे व्यक्ति' कहलाते थे !

एक फोटो था—नरपत बाबू के हाथ में कुदाल है और पाँच-सात अर्धनग्न ग्रामीण अधूरी भीत के पास खड़े-खड़े बाबूजी की तरफ कृतज्ञ नज़रों से देख रहे हैं। करीब ही पुरानी ढंग की कार दिखायी दे रही है···।

—यह मुजफ्फरपुर के देहात का दृश्य है—बाबूजी स्वगत बुदबुदाए

ग्रौर चेहरा चमक उठा। फिर ग्रांतरिक ग्राह्लाद की मीठी ग्रनुभूति के उस प्रवाह में एलबम के पाँच-सात पेज यों ही उलट डाले ग्रापने। ग्रागे था १९३७ वाली मिनिस्ट्री का शपथ-ग्रहण समारोह···चेहरे पर वही सनातन प्रफुल्लता···धोती-कुर्ते में लिपटी यही छरहरी देहयष्टि···किश्ती-नुमा यही टोपी···प्रलम्बित ग्रीवावाले मुखमण्डल को ग्राकर्षक बनानेवाली यही नुकीली नाक !···बाबूजी मिनिस्टरों ग्रौर पार्लियामेन्टरी सेक्रेटरियों की ग्रपनी इस पुरानी जमात में ग्रपने को ग्रच्छी तरह पहचान गये हैं—बाहरी ग्राडम्बर तो नरपत बाबू को कभी छू ही नहीं पाया ! न तब, न ग्रब !

पहले मन्त्रिमण्डल में ग्रापके पल्ले निरक्षरता-निवारण, समाज-कल्याण ग्रौर ग्रामोद्योग जैसे शुद्ध बुनियादी महकमे पड़े। बापू के प्रति ग्रापकी सर्वाधिक ग्रास्था इस प्रकार खिल उठी।

एक परमार्थी प्रकाशक ने आपके नाम पर दो पैसेवाली पुस्तिकाओं की 'लोकोपयोगी' सिरीज़ ही चला दी तो माननीय मन्त्रीजी का चित मैत्री ग्रौर मुदिता वृत्तियों से विगलित हो उठा ग्रौर किताबों का वह सौदागर कपड़ा ग्रौर चीनी का क्षेत्रीय लाइसेन्सदार बन कर निहाल हो गया। ग्रापके बड़े बबुग्रा के नाम पर बालीगंज (कलकत्ता) में दो फ्लैट उसने चोरबाजारी के उस पहले दौर में ही ले दिये थे···।

झुककर बाबूजी ने पान की शेष सीठी उगालदान के हवाले की ग्रौर चाबियों के गुच्छे में लगी चाँदी की सींक से दाहिना कान खोदने लगे।

कान खोदते-खोदते उनकी धृष्टि दाहिने हाथ की ग्रनामिका उँगली पर जगमागाते नग से उलझ गयी। रुपये-भर विशुद्ध गिनीगोल्ड की यह ग्रँगूठी पूना का एक प्रख्यात स्वर्णशिल्पी दे गया था। इसके लिए नग कामाख्या के मशहूर तांत्रिक श्री १०८ श्री वज्रलिंगाचार्य की पसन्द से ग्राया था ग्रौर जोहरी को नौ सौ पचपन रुपये का चेक देना पड़ा था···।

यह बड़ा ही शुभ साबित हुग्रा···नरपत बाबू ने सोचा—ग्रब की तीसरी दफा मन्त्रिमण्ल में वे मुझे शायद ही शामिल करते ! जगदम्बा

को कृपा न हुई होती तो इस बार मामूली एम० पी० बनाकर अपनी पार्टीवाले मुझे दिल्ली की तरफ ठेल देते···जात-पाँत का भस्मासुर एक न एक रोज़ हमें खाक करके ही छोड़ेगा, मगर पचीस प्रकार के स्वार्थ आपस में जहाँ टकरा रहे हों वहाँ अपनी सत्ता को बरकरार रखने के लिए और भला किया भी क्या जाये ?

'निरक्षरता-निवारण' के बनगाँव-ज़िला केन्द्र का उद्‌घाटन आगे आया। शिक्षा-विभाग का केन्द्रीय उपमन्त्री, अमेरिका और इंगलैंड के के शिक्षाशास्त्री, अपने राज्य का मुख्यमंत्री; इनके, अलावा शिक्षा-विभाग के अनेक उच्चाधिकारी, तीन विधायक, एक विधायिका···बहुत सारे गण्यमान्य अभ्यागतों का यह ग्रुप-फोटो ही उस महोत्सव का साक्षी रह गया था। मुख्यमंत्री के बाद ही नरपत बाबू दिखायी दे रहे थे···।

बनगाँव वही ज़िला था जिसकी सुदौली बस्ती बाबूजी की जन्मभूमि थी। अपनी जात-बिरादरी के लोग लाखों की तादाद में आस-पास आबाद थे। दस-पाँच नहीं, पचासों गाँव थे। निरक्षरता-निवारण, समाज-कल्याण और ग्रामाद्योग के नाम पर बीसियों युवक बाबूजी की कृपा से यहाँ पर काम पा चुके थे। यह दूसरी बात थी कि नियुक्ति से पहले विभागीय हैड-क्लर्क ने एक-एक सौ की दक्षिणा वसूल कर ली थी उनसे। शिकायत किये जाने पर हैड-क्लर्क बाबू श्रीमुन्द्रिकाप्रसाद सिंह के पक्ष में माननीय मंत्री बोले थे—क्या करोगे, मजबूरी है बेचारे मुन्द्रिका की ! पाँच-पाँच सयानी लड़कियाँ सीने पर सवार हैं, गनीमत कि दस-पाँच बाल अभी तक उनके सिर पर देखते हो···पचीस-तीस हज़ार रुपये कहाँ से लायेगा गरीब ? मैं मजबूर हूँ, मुन्द्रिका जब सामने आकर खड़ा हो जाता है तो हमदर्दी मेरी न्याय-निष्ठा को गला डालती है···।

कोपेनहेगन में समाज-कल्याण का विश्व-सम्मेलन हुआ था, भारतीय प्रतिनिधि-मण्डल में बाबूजी का भी नाम था और आप सम्मेलन में उपस्थित भी हुए थे। तीन-चार फोटो विदेश-यात्रा के थे। यूरोपीय भद्रजनों और महिलाओं के बीच भारतीय लिबास में अपने को पाकर

मंत्रीजी का चेहरा आवश्यकता से अधिक खिल उठा। मन ही मन बोले—ऐसे ही अवसरों पर राष्ट्रीय संस्कृति खराद पर चढ़ती है वरना आजकल अधिकांश आदमी 'गंगा गये गंगादास जमुना गये जमनादास' ही हुआ करते है ! …फिर जाने क्या सोचकर बाबूजी ने बापू के चित्र की ओर सामने दीवार पर देखा और दोनों हाथ सिर से सटा लिए !

कि इतने में मंजुमुखी देवी आ पहुँचीं।

पहले तो वह सामने वाली कोच पर बैठीं, पर कुछ ही क्षण बाद बाबूजी वाली आरामकुर्सी के चौड़े हत्थड़ पर आ विराजीं।

एक एलबम उठा लिया। मुस्कराकर बोलीं—बहुत दिनों के बाद आपको इनकी सुध आयी !

बाबूजी ने जवाब में एक शब्द भी नहीं कहा, मुस्कान की मद्धिम आभा भीतरी प्रसन्नता की अभिव्यक्ति के लिए काफी थी।

तीनों एलबम हटाकर देवीजी बोलीं—डेढ़ बज रहा है, अब तक आपने खाना नहीं खाया ! बड़े शौक से मैंने आज श्रीखंड तैयार किया है। बाबाजी से और मृदुला से कह गयी थी कि आपको बारह बजे ही खाना खिला दे…।

नरपत बाबू ने बीच में ही टोका—आज तुम्हारे सामने खाना खाने की नीयत थी—मृदुला ने वक्त पर भोजन की याद दिलायी जरूर थी मगर…।

—मगर…मुस्कराकर देवीजी ने कहा—बीते दिनों का लेखा-जोखा तबीयत को राहत पहुँचाता है, बाबूजी ! मैं सब कुछ समझती हूँ…।

नरपत बाबू अन्दर से अबोध बालक की हलकी खिलखिलाहट खींच लाये और देवीजी के कन्धे पर रख दिया।

बूढ़ी हथेली पर जब प्रौढ़ महिला का मजबूत और गरम हाथ पड़ा तो वह उलट गयी—

—माधवी कहती थी, आप उस पर नाराज़ हैं !

—नहीं, मैं भला माधवी पर नाराज़ रहूँगा ?

—तो छोकरी झूठ कहती थी ?

—तुम जानो, जाने तुम्हारी लड़की···।

—लड़की तो वह आपकी है···।

—हूँ, तुम लोग अब इस बुड्ढे से चाहती क्या हो ?

बाबूजी आराकुर्सी से उठे, अंगुलियों से उलझाकर अँगुलियाँ फोड़ीं तो चट्-चट् की आवाज़ हुई। बाथरूम की दिशा में बढ़ते-बढ़ते बोले—कभी किसी परीक्षा में जो फर्स्ट या सेकिण्ड नहीं आयी, वही अब सरकारी गर्ल्स कालिज में हैड आॅफ डिपार्टमेंट है। रातोंरात मैं प्रिंसिपल कैसे बना दूं ? जिन्दा रहा तो दो वर्ष में माधवी प्रिंसिपल हो ही जायेगी। लेकिन इस तरह घबराओगी तो किया-कराया सब चौपट हो जायेगा—आज तो नहीं, कल उसे यहाँ भेज देना, समझा-बुझा दूंगा। अरे, धीरज का पाठ माधवी को हमारी मृदुला से लेना होगा।

देवीजी ने इधर सिर घुमाकर मुंह बनाया और उधर बाबूजी बाथ-रूम के अन्दर घुसे।

पाँच बजे शाम

समारोह-समिति की तरफ से बड़े ही नफीस निमंत्रण-पत्र छपवाये गये थे। चौपेजी आर्ट पेपर। दुरंगी सुनहली प्रिंटिंग। शंखों और सीपियां की हल्की चंपई सतह इस लाल-पीली छपाई को अधिकाधिक निखार रही थी। ऊपर अजन्ता स्टाइल में दो नर्तकियां आमने-सामने घुटने टेककर आरतीवाले हाथ उठाये हुए थीं। प्रख्यात कलाकार उग्रमोहन महापात्र की तूलिका का यह चमत्कार लोगों के लिए अपनी चीज़ था—अन्दर निमंत्रण का मजमून था। तीसरे पेज पर प्रोग्राम छपा था :

१. आशीर्वाद (वैदिकों और बौद्ध भिक्खुओं द्वारा।)
२. मंगलगान (महिला कला निकेतन की छात्राओं द्वारा)
३. समारोह की अध्यक्षता (राजा रेवतीरंजन सिंह करेंगे)
४. अभिनन्दन-ग्रंथ (माननीय घासीराम द्वारा अर्पित होगा)

५. संवर्द्धना के दो-दो शब्द (प्रमुख नागरिकों, माननीय घासीरामजी एवं अध्यक्ष द्वारा)
६. बाबूजी का कृतज्ञता-निवेदन
७. कविता-पाठ (सर्वश्री पद्मानन्द, 'विशाख', पंचानन सिंह 'प्रचंड', कविवर मंजु घोष, महाकवि मृगांक)
८. नृत्य (कुमारी अंजलिदास गुप्त, वन्दना ठाकुर, नीलिमा झा)
९. धन्यवाद (दयाल बाबू)

नीचे बारीक टाइप में छपा था—कार्ड साथ लाना न भूलें।

आठ बजे रात को कुमार प्रद्युम्नप्रसाद नारायण सिंह बाबूजी के निमित्त अभ्यागतों और विशिष्ट नागरिकों को प्रीतिभोज देने वाले थे, उसके लिए अलग से कार्ड छपा था।

साधना-सदन का विस्तृत हॉल। अगस्त की उमसभरी शाम। दरी और आजिम पर बैठा हुआ जन-समुदाय। ऊपर तीन कतारों में नाचते हुए पन्द्रह सीलिंग फैन—सामने सुसज्जित मंच, तीन मसनदें, दो माइक···।

राजा साहब, माननीय घासीराम और नरपत बाबू बरामदे से होकर मंच की दाहिनी तरफ प्रकट हुए। पीछे-पीछे दयाल बाबू, ललनजी, मृगांकजी। चुस्त चूड़ीदार सफेद पाजमा और असमिया अंडी की शेरवानी में साधना-सदन के मन्त्री श्री रामप्यारे प्रसाद भी आहिस्ता से डाइज पर चढ़े और मृगांकजी से सटकर खड़े हुए।

नरपत बाबू और रायसाहब ने माननीय घासीरामजी से आसन ग्रहण करने का अनुरोध किया। वह बीचवाली मसनद के सहारे बैठे तो अगल-बगल नरपत बाबू और राजा साहब ने भी अपना-अपना आसन ग्रहण किया। पीछे दायीं तरफ दयाल बाबू आदि भी बैठ गये।

दीवार से टिकाकर भारी-भरकम तानपूरा रखा हुआ था। वहीं मालाओं से भरी डाली दिखायी दे रही थी। बायीं तरफ हारमोनियम, तबला और पखावज पड़े थे। ऊपर दो पंखे और तीन बल्ब।

हॉल में जनता की उपस्थिति निहायत मामूली थी।

दयाल बाबू ने ललनजी के कान में फुसफुसाकर कहा—अभी नहीं, घुंघरू छनकेंगे लोग तब टूटेंगे।

हाँ—कुटिल इंगित में डूबी हुई पलकें झपककर दयाल बाबू ने जवाब दिया—घंटा-भर बाद आडियेन्स कई गुना अधिक बढ़ जायेगी। आज न सनीचर है, न इतवार। कालेजियट छोकरे और दफ्तर वाले लोग भला पाँच बजे क्यों आने लगे?

मृगांकजी ने अपनी पोर्टफोलियो से निकालकर एक-एक प्रोग्रामवाला पर्चा माननीय घासीराम, राजा साहब और बाबूजी को थमा दिया।

कलाई पर निगाह टिकाकर राजा साहब बोले—पाँच पन्द्रह हो रहे हैं, अब आरम्भ कीजिए।

—बस दो मिनट और!—ललनजी ने कहा।

—राज्यपाल श्री चिंचालकर आ चुके हैं—हाँफते हुए आकर झा जी ने कहा।

राज्यपाल आये। पीछे-पीछे मिलिटरी सेक्रेटरी और दो पार्षद मिलिटरी तथा सिविल सूट में।

राज्यपाल के सम्मान में सभी उठ खड़े हुए। माननीय घासीराम ने उन्हें अपने साथ बैठा लिया।

उपस्थिति में बीस-पचीस की तादाद बढ़ गयी। अब तक सभी बैठ चुके थे।

इशारा पाकर दो पंडित और भिक्खु मंच पर आये। मैकेनिक ने माइक फिट कर दिया तो वैदिक और पालि गाथाओं से मंगल-पाठ होने लगा।

तत्पश्चात् तीन छात्राओं ने मांगलिक गीत गाया।

तिरछी टोपी और घनी मूंछोंवाले पंडित श्री शिवदयाल पाठक, एम० एल० ए० उर्फ दयाल बाबू ने राजा रेवतीरंजन प्रसादसिंह महोदय से समारोह की अध्यक्षता के लिए प्रार्थना की। ललनजी ने मान्य अभ्यागतों

के गले में एक-एक माला डाल दी।

अध्यक्ष ने माननीय घासीरामजी से बाबूजी को अभिनन्दन-ग्रन्थ अर्पित करने का आग्रह किया। चन्दन की वह नफ़ीस मंजूषा आ चुकी थी जिसके अन्दर अभिनन्दन-ग्रन्थ रखा था। दयाल बाबू मुस्तैद थे कि अवसर आने पर मंजूषा समेत अभिनन्दन-ग्रन्थ घासीरामकी को थमा देंगे।

घासीरामजी खड़े हुए तो माइक उनके मुंह के सामने एडजस्ट किया गया। शेरवानी का गला ढीला करके वह बोलने लगे :

'अध्यक्ष महोदय, महामहिम राज्यपाल, सज्जनो और देवियो !

'मैं जिला स्कूल में नाइन्थ क्लास का विद्यार्थी था। उन्हीं दिनों बाबूजी की कीर्ति इन कानों में पहले-पहल पहुँची थी।

'मैंने हमेशा इन्हें अपनी आत्मा के साथ पाया। संघर्ष और शान्ति, सत्याग्रह और समझौता, हर्ष और शोक···चाहे किसी भी स्थिति में देश रहा हो, नरपत बाबू उसी में रमे रहे।

'इन्होंने अपनी वकालत पर लात मार दी, परिवार की सुख-सुविधा का रत्ती-भर ख्याल नहीं रखा, बच्चों की पढ़ाई-लिखाई की परवाह नहीं की, पत्नी को भारत-माता की बलिवेदी पर न्योछावर कर दिया···।'

इसके बाद वक्ता का गला भर आया। शब्द अटक-अटक कर निकलने लगे और आँखें डबडबा आयीं। जेब से रूमाल निकालकर उसने आँसू पोंछे और भावावेग पर काबू पाने की कोशिश की।

कि किसी स्त्री की गोद का बच्चा रो पड़ा। आकस्मिक विघ्न जनता के मन को कानों से हटाकर निगाहों पर खींच लाया।

वक्ता को प्रकृतिस्थ होने का मौका मिला और देवीजी विक्षुब्ध शिशु को शान्त करने के लिए बरामदे की तरफ निकल गयीं।

हॉल में चालीस-पचास आदमी और आ गये।

घासीरामजी दस मिनट और बोले। अभिनन्दन-ग्रन्थ वाली मंजूषा दयाल बाबू से लेकर बाबूजी की ओर बढ़े।

बाबूजी उठे और विनम्र होकर अभिनन्दन-ग्रन्थ ले लिया।

महिला कला-निकेतन, शिल्पी संघ, बाल-मण्डल, हिन्द हितकारी समाज, दलित-हितैषिणी सभा आदि संस्थाओं की तरफ से बाबूजी को मालाएँ पहनायी गयीं। दो-तीन अभिनन्दन-पत्र भी पढ़े गये।

राज्यपाल और कतिपय प्रमुख व्यक्तियों ने संवर्द्धना के दो-दो शब्द कहे। इनमें व्यापारी भी थे, विद्वान् भी थे, जन-सेवक भी।

मंजुमुखी देवी से भी बोलने का आग्रह किया गया। आपने पहले तो अपनी असमर्थता जतलायी, पीछे मृगांकजी के डबल अनुरोध पर उठ खड़ी हुईं। घुटकती आवाज़ में कहा—

'माननीय अध्यक्ष और भाइयो !

'बाबूजी के बारे में मैं भला क्या कहूँ ? वह तो मेरे राजनीतिक गुरु हैं। आज मैं जो भी कुछ हूँ, सब उन्हीं की कृपा का फल है···।'

उपस्थित जनसमुदाय में दबी हुई हँसी और व्यंग्यात्मक ध्वनि की मिश्रित गूंज उठी कि देवीजी ने उस इंगित को समझ लिया। अध्यक्ष की तरफ मुंह करके हाथ जोड़े और पीछे जाकर मृगांकजी के पास बैठ गयीं।

अब कृतज्ञता-निवेदन का अवसर आया तो बाबूजी उठे। माइकवाले ने माइक के डंडे को उनकी लम्बाई के अनुपात में ठीक कर दिया।

जनसमूह को प्रणाम करके नरपत बाबू बोले—

'मान्य अध्यक्ष, महामहिम राज्यपाल, आयुष्मान् घासीराम जी, देवियो और सज्जनो !

'फूल की संगति पाकर कीड़ा भी सज्जनों के सिर पर विराजमान होता है : कीटोऽपि सुमनस्संगाद् आरोहित सतां शिरः। भारतीय परम्परा की यह पुरानी कहावत है। मेरे-जैसा अदना आदमी आपकी श्रद्धा-भक्ति का भाजन हो नहीं सकता था, अगर बापू का जादूभरा सम्पर्क मुझे नहीं मिलता। पारस का सम्पर्क मामूली-से-मामूली लोहे को सोना बना डालता है···।

'भारत अब एक स्वाधीन राष्ट्र है, सार्वभौम प्रभुता से सम्पन्न शान्ति-

कामी राष्ट्र। स्वाधीनता की बदौलत हमने क्या हासिल किया है, इसका पता बाहर विदेशों में चलता है। सारा संसार आज भारत की तरफ टकटकी लगाये हुए है। क्षुद्र संकीर्णताओं से ऊपर उठकर हमें अपने अन्दर राष्ट्रीय स्वाभिमान की ताज़गी महसूस करनी चाहिए।

'समस्याएँ हैं और उनका हल भी हमें निकालना होगा, मगर संक्राति के इन क्षणों में रत्ती-भर भी उतावली हमारा भारी-से-भारी अहित कर सकती है।

'मैं अब बूढ़ा हुआ। मैं ही क्यों, देश को आज़ादी दिलाने वाले बहुत सारे नेता अब बूढ़े हो चले हैं। हमारा ध्यान नयी पीढ़ी पर अटका है। साधना के विशाल क्षेत्र युवकों के लिए रिक्त पड़े हैं।

'शासन और सत्ता की ज़रा भी लालसा हमारे अन्दर नहीं है। हाँ, इस बात की लालसा ज़रूर है कि जनता-जनार्दन की सेवा के लिए अन्तिम क्षण तक हम अपने तन-मन का उपयोग कर सकें...।'

तालियों की गड़गड़ाहट हुई। बाबूजी बैठ गये।

ललनजी ने अध्यक्षजी के कान से मुँह सटाकर कुछ कहा। उधर बायीं तरफ बगलवाले कमरे से घुँघरू की आवाज़ आयी तो हॉल क्षण-भर के लिए मुखर हो उठा। बाहर बिखरी भीड़ दरवाज़े के करीब बटुर आयी।

राजा रेवतीरंजन प्रसादसिंह साहित्यकार तो थे ही, इस बुढ़ौती में भी 'नज़ाकत की सोन-छड़ी' कहलाते थे। धोती, कुर्ता, तह की हुई चादर। चौड़ा चेहरा और चमकीला माथा। साँवली सूरत को बैठी नाक और कौड़िया आँखें अकारण गम्भीर बनाये रहती थीं। नकियाकर बोलते थे। खड़े होकर बायें हाथ से माइक का डंडा थाम लिया और दायाँ हाथ चमकाकर बोले :

'भाइयो और बहनो!

'बस दो शब्द ही कहूँगा मैं तो। फिर कविता-पाठ और डान्स मुख्त-

सर श्रौर बस, समारोह की समाप्ति···।

'अँधेरी रात थी, बरसाती आसमान था। बिजली कौंधी श्रौर बादलों का सीना चाक-चाक हो गया। बजती रही बूंदों की पायल, जुड़ाता रहा धरती का कलेजा···।

'ऐसे में कुंवर कन्हैया नाग-नथैया पैदा हुआ था श्रौर सो भी जेल में ही···।'

राजा साहब की वचनभंगी ने झटका खाया, साथ ही छरहरी देह सधे अभिनेता की तरह कुलाँच खाकर बाँकी हो गयी···।

पलक मारते ही जादूगर की तरह राजा साहब ने भाँप लिया कि जन-मन कौतूहल कई गुना बढ़ गया है। झटके से एक दृष्टि पीछे बैठे सज्जनों की तरफ डालकर फिर सामने देखा। कहने लगे :

'हाँ, जेल में ही पैदा हुए थे नरपत बाबू! आपको अचरज होता है? अरे, आप श्रौर हम श्रौर ये हमारे लीडरान सब-के-सब जेल में पैदा हुए थे···फिरंगियों की अमलदारी में समूचा हिन्दुस्तान एक विराट् जेलखाना था! अब समझे आप···?'

इस तरह पाँच मिनट तक राजा साहब अपनी उस फुलझड़ी-टेकनीक में नरपत बाबू की प्रशंसा करते रहे श्रौर लोगों को बोर होने से उबार लिया।

उपस्थित कवियों की सूची मृगांकजी ने तैयार कर रखी थी। कागज़ राजा साहब ने ले लिया। शुरू हुआ कविता-पाठ :

उदीयमान कालेजियट कवि पद्मानन्द—

मुसकाती है शरद रजनी
मुसकाता है पूनम चन्द!
धरती का हिय जुड़ा रहा है
नरपति, तब यश अमल-अमन्द।
कानों को चाहिए तुम्हारी

वाणी का पीयूष प्रवाह !
देव, तुम्हारी कर्ममुखरता,
भर दे जन-जन में उत्साह !
नये लोग हैं, नयी उम्र है
हम से लो तुम आशीर्वाद !
ओ युगपुरुष, तुम्हारी साँसें
युग-युग तक बाँटें आह्लाद !

नई धारा के गीतकार 'विशाल'—

बोल रही बाँसरी !
काया की डाल पर
जीवन के ताल पर
सपनों के उजले पर तोल रही साँस री !
बोल रही बाँसरी !
बोल रही बाँसरी !
श्रम - सुधा चाटकर
तिमिर- तोम काटकर
खोल रहा मानव अब किस्मत की फाँस री !
बोल रही बाँसरी !

युगधर्मी कवि 'प्रचंड'—

आसमान से उतरे हो तुम, मैं धरती का प्राणी,
सुयश तुम्हारा उधर, इधर मेरी कविता कल्याणी ।
तुम जीवन के देव और मैं शब्दशिल्प का साधक,
विधि-विधान के स्रष्टा तुम, मैं प्रज्ञा का आराधक ।
किन्तु प्रभो, यह धनुष तुम्हारा मैं ही उठा सकूंगा,
पथ का छोर बढ़ाते जाओ, मैं क्या कभी थकूंगा !

नरपति, तुम असीम सागर हो, मैं प्रचंड बड़वानल,
तुम हो गौतम बुद्ध और मैं कपिलवस्तु का अंचल।
तुम हो राजा राम और मैं शुभ साकेतपुरी हूँ,
तुम युग के रथचक्र और मैं उसकी अटल धुरी हूँ।
तुम लोहितनद ब्रह्मपुत्र, मैं चेरापुंजी का जल,
तुम गंगा की धारा, मैं उत्तर भारत का समतल।
दुख-दुविधा के दुष्ट दैत्य पर अपनी गदा चलाओ,
महारुद्र की साँसों से हिमगिरि का तुहिन गलाओ।
तोड़ विषमता की कारा समता के सुमन खिलाओ,
शोषित-पीड़ित-वंचित को अपना अधिकार दिलाओ।
तुम दारिद्र्य-दशानन की खातिर बन जाना राम,
गद्दी पर हो, भूल न जाना तुम शबरी का नाम।

कविवर मंजु घोष—

यह श्याम सलिल, यह विमल ताल।
अन्दर-अन्दर ये बिछे पड़े शंवालजाल,
उनका अन्तरतर चीर-चीर उभरे मृणाल।
खिल उठे आज सौ-सौ शतदल,
गा रहे भ्रमरगण मधुमंगल।
जय प्रखर सूर्य, जय बालारुण, जय उदयाचल!
तुम पर निर्भर है त्रिभुवन-भर की उथल-पुथल!

महाकवि 'मृगांक'—

बनाती है कल्पना ही तथ्य को रंगीन,
सत्य की है परिधि व्यापक, सत्य सीमाहीन।
ग्रहों की महिमा बनी है गगन का विस्तार,
बूंद के आगे प्रणत है अगम पारावार।

चेतना पर वास्तविकता का चढ़ाकर खोल,
बजता है तर्क संशय का सनातन ढोल।
धुन रही है शीष श्रद्धा विवश-दुर्बल मौन,
कुंजवन में बंसरी फिर से बजाये कौन!

ध्वजा पर से भूमि पर उतरे महान् अशोक,
बढ़ो आगे, तिमिर पर विजयी रहे आलोक।
बढ़ो आगे, मृत्यु पर हो ज़िन्दगी की जीत,
बढ़ो आगे, हर उषा गाये अरुण के गीत।

कविता-पाठ समाप्त हुआ। तालियाँ बीच-बीच में उतनी नहीं बजीं जितनी अपेक्षित थीं। इसकी वजह जन-साधारण की अ-रसिकता नहीं थी। लोगों की उत्सुकता प्रोग्राम के अगले आइटम पर टँगी थी, यानी सभी का दिल नाच देखने के लिए बेताब हो रहा था। फिर भी अध्यक्ष ने इतना तो बतला ही दिया कि सभी रचनाएँ अभिनन्दन-ग्रन्थ में छपी हैं और अभी अंशतः ही सुनायी जा सकीं।

दयाल बाबू ने उठकर जनता को सूचित किया कि अब एक ही प्रोग्राम शेष है। डांस के लिए पूरा मंच चाहिए और हमारे माननीय अभ्यागतगण एवं आमन्त्रित सज्जन नीचे जाजिम पर बैठेंगे···इस व्यवस्था में दो मिनट लगेंगे, आप धैर्य रखें···।

कि इतने में ललनजी बिजली की फुर्ती से माइक के नज़दीक आये और कहा—

'भाइयो!

'व्यापार मण्डल की तरफ से सेठ पूनमचन्दजी इकहत्तर हज़ार की थैली इस अवसर पर बाबूजी को अर्पित करेंगे।

'सेठ पूनमचन्दजी स्वर्गीय रायबहादुर सेठ बिरधीचन्दजी झंझानिया

के सुपुत्र हैं···।'

राजस्थानी वेशभूषा में सेठजी मंच पर आये। थैली तो नहीं चाँदी का कास्केट हाथों में था। गेहुँआ सूरत, नाटा कद और गोल चेहरा।

वह बाबूजी की ओर मुंह करके खड़े हुए। ललनजी ने चाँदी की उस तश्तरी में से हल्के नीले रंग का चेक उठा लिया, और सामने जनसमुदाय की ओर देखते हुए उस कीमती हुंडी को क्षण-भर वह हिलाते रहे। तालियों की गड़गड़ाहट से हॉल गूंज उठा।

बाबूजी को चेक थमाया गया तो फिर दुबारा तालियाँ पिटीं।

बाबूजी फौरन उठे, माइक के सामने मुंह करके कहा--

'भाइयो,

'मैं नहीं समझता कि इसकी कोई आवश्यकता थी। मगर मैं इस निधि को अपने लिए आपकी तरफ से श्रद्धापूर्ण नैवेद्य मानता हूँ।

'यह रकम मैं महिला मंगल समाज को सौंपता हूँ जिसकी सेक्रेटरी मंजुमुखी देवी यहाँ मौजूद हैं···।'

तालियों की गड़गड़ाहट में ही बाबूजी ने चेक देवीजी को पकड़ा दिया।

ललनजी ने देवीजी का इंगित पाकर माइक पर दान के लिए 'महिला मंगल समाज' की तरफ से बाबूजी को धन्यवाद दिया।

अगले ही क्षण मंच खाली हो गया। ऊपर वाले सज्जन नीचे जाजिम पर आ विराजे। पर्दा गिरा तो इधर हॉल में बातचीत की हल्की ध्वनियाँ ऊपर ऊठने लगीं···।

मृगांकजी और ललनजी खिसक गये और बरामदे में जाकर सिगरेट धूंक आये।

ठीक तीन मिनट बाद नाच शुरू हुआ।

पर्दा उठते ही स्थानीय कला-मण्डल की दो छात्राएँ— कुमारी अंजलिदास गुप्ता और कुमारी नीलिमा झा—आमने-सामने आरती लिए

दिखायी पड़ीं। ओट से हार्मोनियम और तबले की आवाज़ें आ रही थीं।

यह आरती-नृत्य था जो मशहूर नर्तकी समीर सरकार का निर्देशन पा चुकने के कारण इस वक्त अच्छा निखर रहा था। अंजलि और नीलिमा की जोड़ी उम्र में ही नहीं, सौन्दर्य-अंग-मादर्व-नाट्यभंगिमा आदि में भी परस्पर मैच करती थी।

मसनद पर झुककर माननीय घासीरामजी ने ललनजी से भोजपुरी में पूछ लिया--कहाँ की लड़कियाँ हैं?

ललनजी ने भी आत्मीयता में विभोर होकर भोजपुरी भाषा में ही बताया—एक बंगाली लड़की है, दूसरी मैथिल। पहली का बाप जज है, दूसरी का प्रिंसिपल। पढ़ती भी दोनों एक ही स्कूल में हैं और क्लास भी एक है···।

उधर धीमे से बाबू साहब बोले—आगे अभ्यास छूट नहीं गया तो दोनों काफी नाम पैदा करेंगी।

राजा साहब क्यों चुप रहते? कहा—अजी, यहाँ क्या होगा? ललित कलाओं के सेन्टर तो कलकत्ता-बम्बई-मद्रास-दिल्ली तक ही महदूद हैं··· वरना अपने प्रान्त में क्या नहीं हो सकता है?

बड़ों में इधर बातें चलती रहीं, उधर घुंघरू की छमछम। हॉल में पहले का विरल जन-समुदाय घना हो आया था। तीनों दरवाज़े लोगों से खचाखच भर गये। अन्दरवाली ऊपरी बालकनियों का भी यही हाल था।

आरती-नृत्य दस मिनट तक चला। पर्दा गिरा। देर तक तालियाँ पिटती रहीं।

मणिपुरी शैली का 'युगल-रास' आधा घंटा तक चला। इसी बीच राज्यपाल महोदय स-दलबल उठ गये। अब हॉल खाली होने लगा तो माइक पर किसी ने कहा—इसके बाद आदिवासियों का 'छउ' नृत्य होगा और अन्त में वन्दना ठाकुर का भरतनाट्यम्, पन्द्रह मिनट में आपको फुर्सत

मिल जायेगी···।

'छउ' नृत्य तो मामूली रहा, लेकिन वन्दना ठाकुर ने सचमुच कमाल कर दिया।

सेठ पूनमचन्द ने तीनों लड़कियों के लिए एक-एक स्वर्णपदक की घोषणा करवायी।

धन्यवाद देने की आखिरी रस्म दयाल बाबू ने अदा कर दी तो सारा हॉल खड़ा हो गया। आम लोग तो निकल गये, लेकिन कुछ-एक सज्जन रुके रहे। उन्हें अभिनन्दन-ग्रन्थ की एक-एक प्रति दी गयी। अन्त में पान-सिगरेट का एक दौर और चला।

दस बजे रात

मन्त्री महोदय का बंगला विद्युत्-आलोक की सजावट में इठला रहा था। हाते के अन्दर दायीं ओर लॉन में कुर्सियों पर बारह-चौदह सज्जन बैठे थे।

बीच में गोल टेबुल पर पान की तश्तरी, सिगरेट का टिन, जर्दे की डिब्बी, माचिस···।

ललनजी ने पास बैठे अधेड़ व्यक्ति के कन्धे पर हाथ रखा और कहा—कुमार साहब, ठीक वक्त पर आप कलकत्ता से न आ गये होते तो प्रीतिभोज का प्रोग्राम हमें कैन्सल करना पड़ता।

साँवली सूरत और बड़ी आँखोंवाला वह गोल चेहरा बोला—क्यों शर्मिन्दा करते हैं मुझे? जल्दी-जल्दी में जो भी कुछ मुझसे हो सका···।

मृगांकजी आगेवाली कुर्सी पर पैर फैलाकर सिगरेट धूँक रहे थे।

आँखें मुंदी थीं।

सिगरेटवाला हाथ उठाकर कहा—नहीं कुमार साहब, पार्टी आपकी शानदार रही! पिछले चार-पाँच वर्षों में जितने भी प्रीतिभोज हुए हैं, यह उनसे बाज़ी मार ले गया···।

—मगर इसका श्रेय—कुमार ने कहा—सेठजी को है। चाय-नमकीन और मिठाइयों के लिए यों अजन्ता रेस्टोरेन्ट वालों ने पूरी सतर्कता बरती थी, लेकिन हमारे महन्तजी की सूझ और व्यावहारिकता से प्रीतिभोज दर-असल प्रीतिभण्डार हो गया।

दो सौ यूनिट का बल्ब दूधिया रोशनी बिखेर रहा था। उस धवल-पांडुर आलोक में सेठजी का चेहरा चमक रहा था। आपकी आवाज़ एक तो यों ही महीन थी, प्रशंसा में हुलसकर उसमें चिकनापन घुलने लगा। बोले—मैंने सोचा, नमकीन और छेने की मिठाइयाँ हींग वाली कचौड़ियों और बालूशाही-इमरती जैसी मिठाइयों का मुकाबला भला कैसे करेंगी! किसी को मालूम नहीं होने दिया। गुलटेनी साहब से कहकर तीन हलवाइयों को बुला लिया। कुमार साहब की पुरानी हवेली में इफरात की जगह पड़ी है, वहीं ईंटें जोड़कर उन्होंने दो चूल्हे तैयार कर लिए। आटा, मदा, घी, चीनी, तरकारी, मसाले···रामजी की कृपा से जो है सो कि दुपहर से ही माल तैयार होने लगा···अच्छा, डालना कैसा रहा, ललनजी?

—लाजवाब! ललनजी की वाणी उछलकर बाहर आयी—आपकी खुद की डाइरेक्शन थी न? पूछिए न, मैंने मृगांकजी से तभी कहा था। नहीं, मृगांकजी?

—हाँ, प्रीतिभोज में हम पास-पास बैठे थे। ऐसा डालना मैंने ज़िन्दगी में पहली बार खाया है···।

दयाल बाबू दूब नोंचकर उसकी डंठल से दाँत खोद रहे थे। मुंह टेढ़ा हो रहा था। उसी मुद्रा में बोले—बाबूजी कह रहे थे, भण्डारे की क्या ज़रूरत थी? कुमार ने नाहक इतना खर्च किया···।

हथेली पर नज़रें टिकाकर देवीजी बोलीं—उनसे पूछ-पूछ कर करते तो यह फंक्शन ही नहीं होता···क्यों मृगांकजी, मैं झूठ कह रही हूँ ?

मृगांकजी तो नहीं बोले, बोले उधर से एक बड़े साहब—ग्रानरेबुल रेवेन्यू मिनिस्टर को यह कभी नहीं ग्रच्छा लगा कि उनकी वजह से लोगों की परेशानी बढ़े···।

—परेशानी काहे की ?—कुमार साहब हँसते रहे।

धीरे-धीरे बातचीत का सिलसिला उन लोगों पर ग्रा लगा जो न तो फंक्शन में शामिल हो सके थे ग्रौर न प्रीतिभोज में ही। महन्तजी को चोट लगी थी, ग्रस्पताल में थे। इसका खेद सभी को था।

रामसागर राय एम० पी० ने कहा—'पंकज प्रकाशन' वाला दुर्गा-बाबू नहीं दिखायी पड़ा, मृगांकजी ?

—बीवी को डायरिया हो गया है।

—द्वितीया को या तृतीया को ?

प्रकाशक की पत्नियों के मामले में ललनजी की इस जिज्ञासा पर सभी हँस पड़े।

खिलखिलाहट का रेला थमा तो दयाल बाबू पर डकार का हमला हुग्रा। किसी तरह सँभलकर बोले—हम तो दो ही ठो को जानते थे, तीसरी बीवी भी है सेठ दुर्गादास की ?

मृगांकजी बोलने को हुए तो हाथ के इशारे से ललनजी ने उन्हें रोक दिया, कहने लगे—ग्राप तो ग्रब छः-सात वर्षों से दिल्ली रहने लगे हैं, सागर बाबू। इसी दरम्यान दुर्गादास ने पाँच हज़ार की हैसियत से पाँच लाख की हैसियत कर ली है। चार साल पहले की बात है। प्राइमरी ग्रौर मिडिल कक्षाग्रों की सत्रह रीडरें टेक्स्ट बुक कमेटी ने दुर्गादास की मंजूर की थीं। दो महीने के ग्रन्दर ही तीन लाख की बचत हुई तो पट्ठे ने दूसरी शादी कर ली उसी वर्ष। गत वर्ष कहीं से पंजाबी लौंडिया बझा

लाया है।

सेठजी और बाबू गोपीवल्लभ ठाकुर खि-खि-खि-खि करके हँसने लगे। कई लोगों ने उनका साथ दिया। मृगांकजी पर गम्भीरता छायी रही, क्योंकि 'पंकज प्रकाशन' से उनके तीन संकलन और 'समुद्र-कन्या' नाम से महाकाव्य निकला था। आगे 'विमर्षिणी' छपनेवाली थी। शंकित थे कि प्रकाशक के उपहास में साहित्यिक का योगदान कहीं जाहिर न हो जाये।

देवीजी कुर्सी के हत्थड़ पर उँगलियों से अनजाने ही तबले के बोल निकाल रही थीं। इस प्रसंग में मृगांकजी का मौन उन्हें अच्छा नहीं लगा। व्यंग्य के लहजे में कहा—आपको अक्सर कॉफी पिलाती है बेचारी, नहीं मृगांकजी…?

बात काटकर रायजी ने कहा—दुर्गादास काफी समझदार आदमी हैं। बैंक-बैलेंसवाली निराकार लक्ष्मी से उसकी तबीयत नहीं भरी तो अब साकार लक्ष्मी को ढूंढ लाया है…।

रायजी का मखौल अधूरा ही रहा, क्योंकि खानसामा ने आकर बड़े साहब और दयाल बाबू से कहा—हुजूर, अन्दर चलिए, कहीं से ट्रंक-काल आया है।

दयाल बाबू और बड़े साहब बंगले के अन्दर चले गये। पीछे-पीछे देवीजी गयीं, रामसागर बाबू भी गये। परिहास-उपहास का वातावरण उखड़ गया। मृगांकजी के विवेक को मुक्ति का स्वाद मिला…।

अन्दर बंगले के आफिसवाले कमरे में अपनी घुमौआ कुर्सी पर बाबूजी बैठे थे। सामने बड़ी मेज़। बगल में स्टील की दो बड़ी अलमारियाँ, मेज के इर्द-गिर्द तीन-चार कुर्सियाँ…ग्यारह बज रहे थे।

चेहरे पर विषाद की घनी पर्तें चढ़ी थीं। लगता नहीं था कि अभी कुछ देर पहले इन्हीं का हीरक महोत्सव सम्पन्न हुआ है, कि इन्हीं की प्रीति-कामना से प्रेरित होकर डुमरिया के कुमार प्रद्युम्नप्रसाद नारायण-सिंह ने अभी-अभी सौ-सवा सौ विशिष्ट व्यक्तियों को प्रीतिभोज दिया

है···बाबूजी को परेशान देखकर दयाल बाबू भौंचक्के रह गये।

नज़दीक खड़े होकर पूछा—क्या बात है, सरकार ?

बाबूजी को मानो बेहद कष्ट हो रहा था बोलने में। मंजुमुखीजी दाया तरफ आकर उन्हें गौर से देखती रहीं। बाकी लोग सामने थे।

फोन का रिसीवर 'स्टेट्समैन' पर पड़ा था। बड़े साहब मन्त्रीजी के विभागीय अंडर-सेक्रेटरी थे। आगे बढ़कर उन्होंने रिसीवर उठा लेना चाहा।

बाबूजी ने हाथ के इशारे से मना किया और बोले—नगेन्दर चार घंटे से पुलिस की कस्टडी में है। आबकारी महाल के अधिकारियों ने उसकी ट्रक जोगबनी में रोक रखी है। कहते हैं, ऊपर बीस मन तम्बाकू के पत्ते थे, नीचे पचीस मन गांजा···इस लड़के ने तो मुझे भारी संकट में डाल दिया है, दयाल बाबू। बतलाइये, अब इस वक्त मैं क्या करूँ ?

कुछ देर तक कमरे में सन्नाटा रहा। सिर्फ घड़ी की टिक-टिक सुनायी देती रही। ट्यूब लाइट का नीलाभ आलोक···पंखे की मद्धिम हवा··· बाबूजी का म्लान मुखमण्डल···लगता था कि सभी के दिमाग चक्कर खा रहे हैं। पचास मन नेपाली गांजा कोई मामूली माल नहीं था, हिन्दुस्तान में उसकी कीमत दो लाख रुपये थी···बाबूजी के सुपुत्र श्री नगेन्द्रनारायण सिंह ने बहुत बड़ा शिकार किया था···फन्दा उलटा पड़ा तो अब पिताजी की गुहार मचायी थी···सभी गुम थे, सबका सिरदर्द बढ़ रहा था !

लोकसभा के युवक सदस्य रामसागर राय अपनी छात्रावस्था में मार्क्सिस्ट थे। सुभाष बाबू और स्वामी सहजानन्द से आपको राजनीति की आरम्भिक दीक्षा मिली थी। मेधा बड़ी तीव्र थी, समाजवादी शासन-व्यवस्था के खिलाफ जहर उगलने में इधर रायजी का यश अच्छी तरह फैल रहा था। उनकी बुद्धि में बिजली-सी कौंधी तो आगे बढ़ आये और फोन का रिसीवर उठा लिया। ज़ोर लगाकर बोले—हलोऽ···हलोऽऽ··· ट्रंक !!···हलोऽ···हाँ, मैं रेवेन्यू मिनिस्टर का प्राइवेट सेक्रेटरी···हाँ,

ग्राप कौन ? मिस्टर सेन ? एक्साइज़ सुपरिन्टेंडेंट ?···हलोऽ···हलोऽ ···ट्रंक ! कनेक्शन ग्रभी तोड़िये नहीं···हाँ, मिस्टर सेन ? हमारे पास इस बात का पक्का सबूत है कि उस ट्रंक में तम्बाखू-ही-तम्बाखू थी, गांजा नहीं था उसमें। नहीं, बिलकुल नहीं साब ! ट्रक में गांजे की एक भी कली नहीं···आप लोगों को धोखा हुग्रा है, मिस्टर सेन !···मिस्टर सेन, ग्राप हँसते क्यों हैं ? यकीन नहीं होता है ?···हलोऽ···हलोऽऽ···ट्रंक··· ग्रच्छा, लाइन नहीं तोड़िये···ग्रभी ग्राधा घंटा ग्रौर···।

पड़ोसवाला बंगला पब्लिक सर्विस कमीशन के चेयरमैन का था। रामसागर बाबूजी की कार से वहाँ पहुँचे ग्रौर फोन से ग्राबकारी महाल के ग्राई० जी० (इन्स्पेक्टर जनरल) की मौजूदगी मालूम की। पाँच मिनट के ग्रन्दर रायजी ग्राई० जी० के सामने थे।

ग्रपने ग्राका की डाँट-डपट खाकर बेचारे मिस्टर सेन को मान लेना पड़ा कि ट्रक में तम्बाखू ही थी, गांजा नहीं था···ग्रौर नगेन्द्रनारायण सिंह रात को साढ़े बारह बजे पुलिस की हाजत से छुटकारा पा गये। उनकी ट्रक सही-सलामत नेपाल-भारत सीमा के इस पार ग्रा पहुँची।

उतनी रात को देवीजी के ग्राग्रह से ग्राबकारी महकमे के ग्राई० जी० मिस्टर प्रसाद को कॉफी का प्याला देना पड़ा। चलते वक्त ग्रपने कन्धे पर उन्होंने बाबूजी का ठंडा हाथ महसूस किया, इतनी ही उम्र वाले चाचा की याद ग्रा गयी तो बोले—एक बज रहा है, हुज़ूर। ग्रब सोयें जाकर।

—तुम्हारा ग्राना क्या रोज़-रोज़ होता है ?—बाबूजी मुस्कराये तो दयाल बाबू ग्रादि को भी मुस्कराना ही पड़ा।

रामसागर बाबू मिस्टर प्रसाद को लेकर चले गये।

हँसी-खुशी अब दयाल बाबू ग्रौर ललनजी की मण्डली भी हाते से बाहर निकली।

सेठ पूनमचन्द की बड़ी कार 'डि-सोटो' ग्रौर कुमार साहब की 'शेवर्ले' देवीजी-समेत सभी को ले गयीं।

तीन बजे रात

"पिताजी,

'इस कोठी में यह मेरी आखिरी रात है। अब कभी मैं आपसे मिल नहीं सकूंगी…मैं सदा के लिए आपसे बिछड़ रही हूँ…।

'प्रान्त में कोई भी शुभ कार्य नहीं जिसे आपके आशीर्वादों से वंचित होना पड़ा हो। सांड-सम्मेलन से लेकर साधु-सम्मेलन तक का उद्घाटन आपने किया है। अनाथालय, विधवाश्रम, बहरों-गूंगों का स्कूल, पिंजरापोल, वानप्रस्थ-आश्रम…जाने कितनी संस्थाओं को आपकी मदद मिलती रहती है। 'महिला मंगल समाज' तो खैर आपका अपना शिशु है। दसियों युवतियों ने आपकी छत्रछाया में वैधव्य के अभिशाप से छुटकारा पाया है।

'लेकिन मैं ?

'मेरी तरफ क्या कभी आपने ध्यान दिया ? क्वार की अगली पूनम को मैं छब्बीस वर्ष की हो जाऊँगी। अट्ठारह की उम्र में शादी हुई। शादी के छः महीने बाद ही हवाई दुर्घटना में उनका देहान्त हो गया। इन्टर के बाद आपने मेरी पढ़ाई छुड़ा दी। एक बूढ़े पंडितजी रखे गये। जिनसे मुझे गीता, रामायण, उपनिषद्, वेदान्त आदि पढ़ना पड़ता था…।

'गत वर्ष तक मुझे आखिर माँ की ममता प्राप्त थी। पिछले दिनों मेरी नकेल आपने चाचीजी को थमा दी। माँ वह माधवी की हो सकती है, मेरे लिए तो चुड़ैल से बदतर है यह औरत…।

'भाई-भाभी को अपनी पड़ी रहती है, उन पर जब आपका ही कोई वश नहीं चलता तो मैं भला किस खेत की मूली हूँ !

'इन्टर का एक मेरा साथी बम्बई में रहता है। हम बीच-बीच में मिलते रहे हैं। एक मिल में वह टेक्निकल एक्सपर्ट है, छः सौ पाता है… वह आया हुआ है, मैं उसी के साथ जा रही हूँ। विजय-दशमी के शुभ अवसर पर हमारी शादी होगी। आपकी हीरक जयन्ती हुई, मेरी यह ताम्र-जयन्ती ही सही !

आपकी

मृदुला

पुनश्च :

माँ के गहने और पाँच हज़ार नकद रकम मैं साथ ले जा रही हूँ।

मृ०'

मृदुला ने जल्दबाज़ी में तारीख नहीं डाली। खत को अपनी मेज़ पर पेपरवेट से दबाकर रख दिया। स्विच ऑफ होते ही टेबल लैम्प बुझ गया।

कोठी के पिछवाड़े होकर नौकरों के क्वार्टर के बगल से वह निकली।

हाथ में चमड़े का छोटा-सा सूटकेस था ।

सड़क के किनारे बिजली की धीमी रोशनी में मृदुला प्रगट हुई तो नीम की झुटपुटी छाँह में से साइकिल-सवार एक युवक आगे बढ़ आया ।

सूटकेस को उसने आगे लटका लिया । मृदुला पीछे क़ैरियर पर बैठ गयी ।

अगले दिन चार बजे

प्रान्त की राजधानी से सुबह-सुबह नौ दैनिक निकलते थे—तीन दो आनेवाले, तीन छः पैसेवाले, तीन इकन्नीवाले···दो अंग्रेज़ी में, पाँच हिन्दी में और दो उर्दू में···।

विस्तार से सभी दैनिकों ने हीरक जयन्ती की खबरें छापी थीं। समारोह के फोटो भी छपे थे। माननीय घासीराम, राजा साहब और बाबूजी की तसवीरें अलग-अलग भी शाया हुई थीं।

चार बजे दिन में दो पैसेवाला रोज़ाना 'बिगुल' निकला करता था। मामूली दुकानदार, फेरीवाले, पानवाले, धोबी, मेहतर, चपरासी आदि इस सस्ते दैनिक को बड़े चाव से पढ़ते थे।

समय पर आज भी 'बिगुल' का हॉकर निकला और चिल्ला-चिल्लाकर अखबार बेचने लगा, मगर आज उनकी आवाज़ में अजीब गर्मी थी,

बल्कि एक प्रकार का उपहास छलकता था…।

वह कह रहा था—पढ़िये रोज़ाना 'बिगुल' ! बेटी ने बाप की नाक काट ली…बाप ने अपनी हीरक जयन्ती मनायी तो बेटी ने अपनी तांबा-जयन्ती… गहनों का बक्सा और हज़ारों की नगदी लेकर चम्पत ! दो पैसे में पढ़िये रोज़ाना 'बिगुल' ! पढ़िये…!

चिथड़ा-सा वह सड़ियल अखबार धड़ाधड़ बिक रहा था। भद्र लोग भी उत्सुकता के मारे आज उसे खरीद रहे थे। जो खबर कहीं नहीं छपी थी, उसे जाने कैसे 'बिगुल' के नगर-संवाददाता ने जन-साधारण के लिए सुलभ कर दिया था…!